명문동양문고

23

荀子

순자 (下)

김학주 譯

明文堂

범례凡例

1. 이 책은「荀子」32편 중에서 중요한 대부분을 뽑아 번역한 것이다. 생략된 약간의 부분에는 간단한 내용 설명을 붙여 전체의 구성과 그 사상체계를 알 수 있도록 하였다.

2. 내용에 따라 적당히 절(節)을 나누고 그 위에 순서를 알리는 번호를 붙였다.

3. 번역은 왕선겸(王先謙)의 「순자집해(荀子集解)」를 주 텍스트로 삼고, 그 밖에 유사배(劉師培)의 「순자보석(荀子補釋)」, 우성오(于省吾)의 「순자신증(荀子新證)」을 비롯한 근세 학자들의 업적을 가끔 참고하였다.

4. 주(註)에는 보통 쓰이는 글자의 뜻과 판이하게 다를 경우에만 그 근거를 밝혔다.

5. 본문은 태주(台州) 국자감본(國子監本)을 따랐으나, 가끔 뜻이 너무 엉뚱하다고 생각되는 곳 두어 글자만은 여러 학자들의 설을 따라 고쳤다. 억지로라도 뜻이 통할 만하면 본문은 그대로 두고 해석은 달리한 다음, 그 근거를 주(註)에 밝혀 놓았다.

6. 원문은 현대식 표점·부호를 써서 끊어 놓았다.

목차

순자

제9권

13. 신도편臣道篇

나라를 다스리는데 있어서는 임금 다음으로는 신하들의 역할
이 중요하다. 앞에서는 임금이 어떻게 하여야 나라를 잘 다스릴
수 있을까를 논하였으니, 이제는 신하 된 사람은 어떻게 하여야
만 올바른 신하 노릇을 할 수 있는가를 논할 차례이다. 여기에는
임금을 대하는 태도에 따라 신하들을 분류한 두 대목과, 성군(聖
君)과 중간치 임금과 폭군 같은 성격이 다른 임금들을 어떻게 신
하로서 보좌하여야 하는가를 논한 대목과, 어진 사람의 특성을
논한 대목을 번역하기로 한다.

1.

신하들에 대하여 논할 것 같으면 태신(態臣)이란 것이 있고, 찬신(簒臣)이란 것이 있고, 공신(功臣)이란 것이 있고, 성신(聖臣)이란 것이 있다.

안으로는 백성들을 통일시키지 못하고 밖으로는 환난(患難)을 막아내지 못하여 백성들이 친하지 않고 제후들이 믿지 않지만, 그러나 교묘한 간사함으로써 임금의 총애를 잘 얻는 것, 이것이 「태신」이란 것이다.

위로는 임금에게 충성되지 못하면서 아래로는 백성들에게 명성을 잘 얻으며, 공정한 길을 거들떠보지 않고 뜻을 통하여 붕당(朋黨)을 이루며, 임금을 가까이하여 미혹시키고 개인의 이익을 도모하는 데에만 힘쓰는 것, 이것이 「찬신」이란 것이다.

안으로는 충분히 백성들을 통일시키고 밖으로는 충분

히 환난을 막아주며, 백성들은 그와 친하고 선비들은 그를 믿으며, 임금에게 충성되고 밑으로는 백성들을 사랑하는데 지치는 일이 없는 것, 이것이 「공신」이란 것이다.

위로는 임금을 존중할 줄 알고 아래로는 백성을 사랑할 줄 알며, 정령(政令)으로 교화시키어 그의 아래 사람들을 제어(制御)하기를 자기의 그림자처럼 하며, 갑자기 생긴 일에 적응하며 변화에 대처하여 신속히 처리하기를 소리의 울림처럼 하며, 전례(前例)를 미루어 나가며 그 성예(聲譽 : 명성)를 계승함으로써 무상(無常)한 일에 대비하고 빈틈없이 제도와 법상(法象)을 이루는 것, 이것이 「성신」이란 것이다.

그러므로 성신을 등용하는 사람은 왕자가 되고, 공신을 등용하는 사람은 강자가 되며, 찬신을 등용하는 사람은 위태로워지고, 태신을 등용하는 사람은 망하게 된다. 태신을 등용하면 반드시 죽게 되고, 찬신을 등용하면 반드시 위태로워지고, 공신을 등용하면 반드시 영예로워지며, 성신을 등용하면 반드시 존귀하여진다.

人臣之論, 有態臣者, 有篡臣者, 有功臣者, 有聖臣者.

內不足使一民, 外不足使距難, 百姓不親, 諸侯不信, 然而巧敏佞說, 善取寵乎上, 是態臣者也.

上不忠乎君, 下善取譽乎民, 不卹公道, 通義朋黨, 比周以環主, 圖私爲務, 是篡臣者也.

內足使以一民, 外足使以距難, 民親之, 士信之, 上忠乎君, 下愛百姓而不倦, 是功臣者也.

上則能尊君, 下則能愛民, 政令教化, 刑下如影, 應卒遇變, 齊給如響, 推類接譽, 以待無方, 曲成制象, 是聖臣者也. 故用聖臣者王, 用功臣者彊, 用篡臣者危, 用態臣者亡. 態臣用則必死, 篡臣用則必危, 功臣用則必榮, 聖臣用則必尊.

- 距難(거난) : 환난(患難)을 막아내는 것.
- 巧敏(교민) : 교묘하고 잽싼 것.
- 佞說(영열) : 간사하게 구는 것, 說은 倪(탈)로 된 판본도 있으며, 倪은 「교활하다」는 뜻.
- 寵(총) : 총애.
- 不卹(불휼) : 따르지 않는다, 거들떠보지 않는다.
- 比周(비주) : 가까이서 아주 친한 체 구는 것.
- 環(환) : 營(영)과 통하여 營惑(영혹), 곧 「미혹시키는 것」.
- 圖私(도사) : 개인의 이익만을 도모하는 것.
- 倦(권) : 권태. 지치는 것.

- 刑下(형하) : 刑은 制(제)와 통하여 「아래 사람들을 제어(制御)하는 것」.
- 如影(여영) : 그림자처럼 하다. 곧 자기가 움직이는 대로 된다는 뜻.
- 應卒(응졸) : 갑자기 일어난 일에 적절히 대응함.
- 遇變(우변) : 변화를 당하여 대처하는 것.
- 齊給(제급) : 齊는 疾(질)과 통하여 빠른 것, 따라서 齊給은 「신속히 대처하는 것」.
- 如響(여향) : 소리의 울림같이 한다, 곧 자기가 소리를 내면 울리듯 자기 행동대로 다 된다는 뜻.
- 推類(추류) : 전례(前例)로 미루어 일을 처리하는 것.
- 接譽(접예) : 그 전날의 성예(聲譽:명성)를 이어받아 계승시키는 것.
- 無方(무방) : 무상(無常)의 뜻(荀子集解).
- 曲(곡) : 위곡(委曲). 빈틈 없이.
- 制象(제상) : 제도(制度)와 법상(法象).

*신하들 가운데엔 태신(態臣)과 찬신(簒臣)과 공신(功臣)과 성신(聖臣)이 있다. 성신을 등용하는 임금은 왕자가 되고, 공신을 등용하는 임금은 패자가 되고, 찬신을 등용하는 임금은 위태롭게 되고, 태신을 등용하는 임금은 망한다. 그러니 임금은 성신 아니면 적어도 공신은 등용하여야 될 거라는 것이다.

2.

명령을 따르면서 임금을 이롭게 하는 것을 「순종(順從)」이라 말하고, 명령을 따르면서 임금을 불리하게 하는 것을 「아첨(阿諂)」이라 말하며, 명령을 어기면서 임금을 이롭게 하는 것을 「충성(忠誠)」이라 말하고, 명령을 어기면서 임금을 불리하게 하는 것을 「찬탈(纂奪)」이라 말한다.

임금의 영예와 욕됨은 거들떠보지도 않고 나라가 잘 되고 못되는 것도 거들떠보지 않으며, 간사하게 영합(迎合)하여 구차히 받아들여짐으로써, 봉록(俸祿)을 지탱하고 교제하는 범위를 넓힐 따름인 것, 이것을 일컬어 「나라의 도적(國賊)」이라 말한다.

從命而利君, 謂之順, 從命而不利君, 謂之諂, 逆命而利君, 謂之忠, 逆命而利君, 謂之纂.
不卹君之榮辱. 不卹國之臧否, 偸合苟容, 以持祿養交而已耳, 謂之國賊.

- 諂(첨) : 아첨.
- 纂(찬) : 찬탈(纂奪). 임금 자리를 도적질하는 것.
- 不卹(불휼) : 거들떠보지 않다, 돌보지 않다.

- 臧否(장부) : 좋고 좋지 못한 것, 잘 되고 못되는 것.
- 偷合(투합) : 간사하게 억지로 비위를 맞추는 것.
- 苟容(구용) : 구차(苟且)하게 억지로 용납되는 것.
- 養交(양교) : 외교하는 길을 넓히는 것.
- 國賊(국적) : 나라의 도적. 나라를 해치는 자.

* 신하들의 태도에는 또 순종(順從)과 아첨과 충성과 찬탈(篡奪)이 있고, 또 나라를 망치는 나라의 도적(國賊)도 있다. 나라의 도적은 물론, 찬탈하는 신하나 아첨하는 신하를 두어서는 안된다. 그러나 순종과 충성은 임금이 어떠냐에 따라서 결정될 문제일 것이다. 임금이 어질면 순종하는 길이 신하로서의 바른 도리일 것이고, 임금이 약간 시원치 못하면 충성하는 길이 신하로서의 올바른 도리일 것이다.

3.

성군(聖君)을 섬기는 사람은 듣고 따르기만 할 뿐 간(諫)하고 다투면 안된다. 중간 임금(中君)을 섬기는 사람은 간하고 다투기만 해야지 아첨해서는 안된다. 폭군(暴君)을 섬기는 사람은 부족함을 보충하고 잘못을 없애기만 해야지 그를 꺾거나 거스리려 들면 안된다.

혼란한 시국에 하는 수없이 횡포(橫暴)한 임금의 나라

에 궁하게 살게 되어 이를 피할 곳이 없다면, 곧 그의 아름다움을 높혀 주고 그의 선함을 드러내주며, 그의 악함은 피하고 그의 잘못은 덮어두며, 그가 잘 하는 것만을 얘기하고 그가 잘못하는 것은 얘기하지 말며, 이것이 옛날부터의 습속(習俗)이라 생각해야 한다.

시경에 말하기를,

「나라에 큰 일이 있으나

남에게 얘기할 수 없는 것,

이렇게 내 몸을 보존해 가는 것을.」

이라 하였는데, 이것을 두고 말한 것이다.

事聖君者, 有聽從, 無諫爭. 事中君者, 有諫爭, 無諂諛. 事暴君者, 有補削, 無撟拂.

追脅於亂時, 窮居於暴國, 而無所避之, 則崇其美, 揚其善, 違其惡, 隱其敗, 言其所長, 不稱其所短, 以爲成俗.

詩曰, 國有大命, 不可以告人, 妨其躬身, 此之謂也.

• 聽從(청종) : 말을 듣고 복종하는 것.

- 諫爭(간쟁) : 諫은 임금의 잘못을 얘기하는 것, 爭은 죽음을 무릅쓰며 임금의 잘못을 지적하여 고치려 드는 것.
- 諂諛(첨유) : 아첨.
- 補削(보삭) : 補는 부족한 점을 보충해 주는 것, 削은 잘못을 제거해 버리는 것.
- 撟拂(교불) : 撟는 폭군의 성질을 꺾는 것, 拂은 폭군의 뜻을 어기고 항거하는 것.
- 違(위) : 諱(휘)와 통하여, 다치지 않고 피하는 것(荀子集解).
- 成俗(성속) : 이미 이루어져 있는 예부터 내려오는 습속.
- 詩曰(시왈) : 현재 시경 속에는 보이지 않는 없어진 시(逸詩)임.
- 大命(대명) : 큰 운명, 큰 일.
- 妨其躬身(방기궁신) : 그의 몸을 보전하려는 것.

  *임금에는 성군(聖君)이 있고, 중간치 임금(中君)이 있고, 폭군(暴君)이 있으니, 신하로서 이들을 대하는 방법은 모두 달라야 한다. 성군을 섬기는 신하는 임금에게 복종만 하면 되고, 중간치 임금을 섬기는 신하는 가끔 저지르는 임금의 잘못을 바로잡아 주기만 하면 된다. 그러나 폭군을 섬기는 신하는 뒤에서 은근히 부족한 점을 보충해 주고 잘못한 것을 감춰주기만 해야지, 노골적으로 잘못을 지적했다가는 목숨이 달아난다. 여기서 순자가 특히 폭군을 대처하는 방법을 상세히 얘기하고 있는 것은 전국시대의 현실을 반영시킨 것일 것이다.

4.

어진 사람은 반드시 남을 공경한다. 모든 사람은 현명하지 않으면, 곧 못났다. 사람이 현명한 데도 공경하지 않는다면, 곧 이는 새나 짐승 같은 사람이다. 사람이 못났다고 공경하지 않는다면, 곧 이는 호랑이를 업신여기는 사람과 같다. 새나 짐승 같으면 곧 혼란을 일으키고, 호랑이를 업신여기면, 곧 위태로워져서 재앙이 그의 몸에 닥칠 것이다. 시경에 말하기를,

「감히 호랑이와 맨손으로 싸우지 않으며,

감히 황하를 걸어서 건너지 않는다.

사람들은 그의 목적 하나만 알았지

그 밖의 위험은 알지 못한다.

두려움에 떨면서

깊은 못 가에 다가가듯

얇은 얼음을 밟고 가듯 한다.」

라 한 것은 이를 두고 말한 것이다.

그러므로 어진 사람은 반드시 남을 공경하는데, 남을 공경하는 데에는 원칙이 있다. 현명한 사람이면 곧 귀하게 여기어 그를 공경하고, 못난 사람이면 곧 두려워하며 그를 공경한다. 현명한 사람이면 곧 친하여 그를 공경하

고, 못난 사람이면 곧 멀리하며 그를 공경한다. 그가 공경하는데 있어서는 한 가지이지만, 그의 감정은 두 가지인 것이다.

仁者, 必敬人. 凡人, 非賢則案不肖也. 人賢而不敬, 則是禽獸也, 人不肖而不敬, 則是狎虎也. 禽獸則亂, 狎虎則危, 災及其身矣. 詩曰, 不敢暴虎, 不敢馮河. 人知其一, 莫知其它. 戰戰兢兢, 如臨深淵, 如履薄氷, 此之謂也.

故仁者, 必敬人, 敬人有道. 賢者則貴而敬之, 不肖者則畏而敬之, 賢者則親而敬之, 不肖者則疏而敬之. 其敬一也, 其情二也.

- 狎虎(압호) : 호랑이를 업신여기며 가까이하는 것.
- 詩曰(시왈) : 시경 소아(小雅) 소민(小旻)편에 보이는 구절. 왕인지(王引之)에 의하면, 이 가운데 「戰戰兢兢」 이하 세 구절은 후세 사람들이 보태어 부친 것으로, 본시 순자가 인용한 것이 아니라고 한다(荀子集解).
- 暴虎(폭호) : 호랑이와 맨손으로 싸우는 것.
- 馮下(빙하) : 황하를 맨몸으로 걸어 건너는 것. 후세엔 앞의 暴虎와 합쳐 暴虎馮河를 무모한 위험한 짓을 하는 것을 가리키는 비유로 쓰이게 되었다.

- 其一(기일) : 그의 한 가지 목적.
- 其它(기타) : 목적 이외에 이에 따르는 위험.
- 戰戰兢兢(전전긍긍) : 두려워서 떠는 모양.
- 履(리) : 밟고 걷는 것.
- 薄冰(박빙) : 얇은 얼음.
- 其情二(기정이) : 그의 감정은 두 가지, 곧 현명한 사람과 못 난 사람을 다 같이 공경하지만 그의 감정은 다르다는 뜻.

＊어진 사람은 못났건 잘났건 무조건 남을 공경한다. 공경한다는 것은 예이기 때문이다. 그러나 이들이 현명한 사람과 못난 사람을 대할 적의 마음가짐은 다르다. 현명한 사람은 친근히 여기고 귀히 여기지만 못난 사람은 멀리하며 두려워한다. 어진 사람은 이처럼 공경함으로써 남의 신의와 존경을 받게 된다.

14. 치사편致士篇

이 편은 남의 말이나 계획 같은 것을 올바로 분간하여 들음으로써 올바른 말, 올바른 일, 올바른 계획 등을 시행해 나가는 방법과, 현명한 선비들은 왜 모여들도록 하여야만 하는가를 논한 것이다. 순자가 이 편에서 결론지어,

「아무리 훌륭한 법을 지니고 있어도 혼란해지는 나라가 있지만, 훌륭한 군자가 있으면서도 혼란해지는 나라는 옛날부터 지금까지 있었다는 말도 들어보지 못하였다.」

고 말했듯이, 정치를 하는데 있어서 가장 중요한 것은 훌륭한 사람들을 많이 확보하는 것이다. 훌륭한 사람들이 많은 나라라면 틀림없이 훌륭한 정치가 행하여질 것이라는 것이다. 그러나 후반(後半) 부분은 이러한 주제(主題)와는 직접 관계가 없는 여덟 단의 잡다(雜多)한 글들이 실려 있다. 「민심을 얻으면 하늘도 움직일 수 있다.」는 말로부터 시작하여, 임금은 무엇에 힘써야 하는가? 정치는 무엇부터 해나가야 하는가? 임금이란 무엇인가? 스승이란 어떠해야 하는가? 따위를 논한 것이 그 내용이다. 앞의 부분도 이미 앞의 여러 편이나 뒤의 여러 편 글 가운데에서 그 내용이 암시되고 있는 내용이거니와, 이 뒤의 부분은 더욱 일관(一貫)된 내용이 아님으로 이 편의 번역은 다음 기회로 미룬다.

순자

<u>제10권</u>

15. 의병편議兵篇

　군사(軍事)에 관한 견해를 서술한 편. 용병(用兵)의 근본은 백성
들의 마음을 잡는데 있다는 것이 순자의 주지(主旨)이다. 여기서
는 왕자의 군제(軍制)와 그 효과를 논한 대목과, 어진 임금의 군대
의 본질을 얘기한 대목과, 나라를 다스리는데 있어서 예가 얼마
나 중요한 것인가를 논한 대목 등, 그 중심 부분만을 뽑아 번역하
기로 한다.

1.

「왕자의 군제(軍制)에 대하여 여쭙고자 합니다.」

순자가 대답하였다.

「장수는 죽음으로 북을 지키고, 수레몰이는 죽음으로 말고삐를 지키고, 여러 관리들은 죽음으로 직무를 지키며, 사대부들은 죽음으로 대열(隊列)을 지킵니다. 북소리가 들리면 진격하고 징소리가 들리면 후퇴하는데, 명령을 순종하는 것이 첫째이고, 공을 세우는 것은 그 다음입니다. 진격하라고 명령하지 않았는 데도 진격하는 것은, 꼭 후퇴하라고 명령하지 않았는 데도 후퇴하는 거나 같은 것이어서 그 죄는 다 같습니다.

노인이나 약한 자는 죽이지 않으며, 벼나 곡식을 짓밟지 않으며, 항복하는 사람은 포로로서 잡지 아니하고, 대항하는 자는 버려두지 아니하며, 목숨을 살려 도망오는 자는 포로로서 잡지 아니합니다. 모든 처벌은 그 백성들을 처벌하는 것이 아니라, 그 백성들을 어지럽힌 자를 처벌하는 것입니다. 백성 가운데 그의 적을 도와주는 자가 있다면 곧 이 역시 적이 됩니다. 그러므로 칼날에 순종하는 자는 살려주고, 칼날에 맞서는 자는 죽이며, 목숨을 살려 도망 오는 자는 장군에게 바쳐 부리도록 하는 것입니다.

무왕(武王)이 주(紂)왕을 쳐부쉈을 때 미자계(微子啓)는 송(宋)나라에 봉(封)하였으나 조촉룡(曹觸龍)은 군중에서 처형되었으며, 항복한 은(殷)나라 백성들은 먹여 살려줘야 할 사람들임으로 주(周)나라 사람과 똑같이 대해주었습니다. 그러므로 가까운 곳의 사람들은 노래부르면서 즐거워하였고, 먼 곳의 사람들은 엎드러지면서 달려와 으슥한 외진 나라를 막론하고 모두 달려와 부림을 받으면서 안락하게 지냈습니다. 온 세상이 한집안처럼 되었고, 길이 통하는 곳의 사람들이면 모두가 복종해왔는데, 이런 사람을 두고 백성들의 지도자라 말하는 것입니다.

시경에 말하기를,

「서쪽으로부터 동쪽으로부터

남쪽으로부터 북쪽으로부터

굴복해 오지 않는 이 없네.」

라 한 것은, 이것을 두고 말한 것입니다.

왕자에게는 주벌(誅罰)은 있지만은 전쟁은 없습니다.
성을 지키고만 있을 적에는 공격하지 않고, 적군의 저항
이 완강하면 공격하지 않습니다. 임금과 신하들이 서로
기뻐하고 있으면, 곧 그것을 경하(慶賀)해 주며, 성 안의
백성들을 모두 죽이지 아니하고, 군대를 몰래 내어 공격
치 않으며, 민중들을 오래 전장에 붙들어두지 않으며, 출
전은 한철을 넘기지 않습니다. 그러므로 어지러운 나라
사람들은 그러한 정치를 즐기게 되고, 자기네 임금에 불
안을 느끼어 왕자의 군대가 오기를 바라게 되는 것입니
다.

임무군(臨武君)이 말했다.

「좋은 말씀이오.」

請問王者之軍制. 孫卿子曰, 將死鼓, 御死轡, 百
吏死戰, 士大夫死行列. 聞鼓聲而進, 聞金聲而退,
順命爲上, 有功次之. 令不進而進, 猶令不退而退也,
其罪惟均.

不殺老弱, 不獵禾稼, 服者不禽, 格者不舍, 犇命

者不獲. 凡誅, 非誅其百姓也, 誅其亂百姓者也. 百
姓有扞其賊, 則是亦賊也. 以故順刃者生, 蘇刃者死,
犇命者貢.

微子開封於宋, 曹觸龍斷於軍. 殷之服民, 所以養
生之者也, 無異周人. 故近者歌謳而樂之, 遠者竭蹶
而趨之, 無幽閒辟陋之國, 莫不趨使而安樂之. 四海
之内, 若一家, 通達之屬, 莫不從服, 夫是之謂人師.

詩曰, 自西自東, 自南自北, 無思不服, 此之謂也.

王者有誅而無戰. 城守不攻, 兵格不擊. 上下相喜,
則慶之, 不屠城, 不潛軍, 不留衆, 師不越時. 故亂者
樂其政, 不安其上, 欲其至也. 臨武君曰, 善.

- 請問(청문) : 여쭈어 보겠습니다. 이것은 조(趙)나라 효성왕
  (孝成王) 앞에서 임무군(臨武君)과 순자가 군대에 관한 일을
  논하였을 때, 임무군이 순자에게 물은 말이다.
- 鼓(고) : 군대를 지휘하는 북. 본진(本陳)에 있다.
- 轡(비) : 수레를 끄는 「말 고삐」.
- 行列(행렬) : 항오(行伍), 대열(隊列). 군진 속에서 졸병들과 함
  께 싸우다 죽는다는 뜻.
- 金(금) : 징. 옛날 군대에서는 북과 징을 진격과 후퇴를 알리
  는 신호로 썼다.
- 獵(렵) : 躐(렵)과 통하여, 「짓밟는 것」.

- 禾稼(화가) : 농사 지어 놓은 곡식들.
- 禽(금) : 擒(금)과 통하여, 사로잡아 포로로 취급하는 것.
- 格(격) : 항거하는 것.
- 不舍(불사) : 버려두지 않고 죽여버리는 것.
- 犇(분) : 소가 놀라 달리는 것. 犇命은 목숨을 살려 도망 오는 것.
- 獲(획) : 포로로서 잡는 것.
- 誅(주) : 주벌(誅罰), 처벌.
- 扞(간) : 막아주는 것, 감싸주는 것.
- 蘇(소) : 傃(소)와 통하여 「向(향)」의 뜻. 맞서는 것.
- 貢(공) : 장군에게 갖다 바치어 부리도록 하는 것.
- 微子開(미자개) : 은(殷)나라 주왕의 서형(庶兄)인 미자계(微子啓). 주나라 무왕(武王)은 은(殷)나라를 쳐부순 뒤 미자를 송(宋)나라에 봉하였다.
- 曹觸龍(조촉룡) : 주(紂)왕의 좌사(左師)로 있었던 아첨 잘하던 사람.
- 斷(단) : 처단, 처결.
- 竭蹶(갈궐) : 너무 서두르는 나머지 「앞으로 엎어지는 것」.
- 趨(추) : 달려오는 것.
- 幽閒(유한) : 으슥한 것.
- 辟陋(벽루) : 외진 곳, 편벽된 곳.
- 詩曰(시왈) : 시경 대아(大雅) 문왕유성(文王有聲)편에 보이는 구절.
- 思(사) : 시경에 흔히 쓰이는 어조사.

- 格(격) : 완강히 저항하는 것.
- 屠城(도성) : 성을 점령하여 성을 부수고 그곳의 백성들을 모두 죽여버리는 것.
- 潛軍(잠군) : 몰래 군사를 내어 적을 습격하는 것.
- 越時(월시) : 한철. 곧 석 달을 넘는 것.

* 왕자는 정정당당히 싸워야 한다. 개인의 이익이나 자기 나라를 위하여 군대를 움직이지 않고, 언제나 천하의 공의(公義)를 위하여 부정(不正)을 무찌르기 위하여 출전한다. 따라서 왕자는 영(令)을 엄히 세워 싸운다 하더라도 자기 군사들을 아끼며, 적이라 하더라도 쓸데 없이 사람을 죽이지 않는다.

이처럼 왕자는 피아(彼我)를 막론하고 백성들을 위한 싸움을 하기 때문에 결국은 자기 나라 백성은 물론 적국의 백성들까지도 왕자를 지지하게 된다는 것이다. 이처럼 천하의 모든 백성들이 그를 지지하고 따른다면 전쟁의 결과는 빤할 것이다.

2.

진효(陳囂)가 순자에게 물었다.

「선생께서 군대를 논하심에는 언제나 어짊과 의로움(仁義)으로 근본을 삼고 계십니다. 어진 사람은 남을 사랑하고, 의로운 사람은 이치를 따르는 것이니, 그렇다면 또

무엇 때문에 군사를 일으킵니까? 모든 군사 행동이 있게
되는 까닭은 싸워 빼앗기 위한 것입니다.」

순자가 대답하였다.

「그대는 알지 못하는 일일세. 저 어진 사람은 남을 사
랑하는데, 남을 사랑하기 때문에 남이 백성들을 해치는
것을 싫어하네. 의로운 사람은 이치를 따르는데, 이치를
따르기 때문에 남이 백성들을 어지럽히는 것을 싫어하
네. 그의 군대란 것은 포악함을 막아 폐해(弊害)를 없애버
리는 수단이지 싸워서 빼앗으려는 것은 아닐세.

그러므로 어진 사람의 군대는, 머무르고 있는 곳에선
신(神)처럼 위세가 있고, 지나가는 곳이면 교화를 시키어,
마치 철에 맞는 단비가 내리는 것처럼 기뻐하지 않는 이
가 없는 것일세. 그러기에 요임금은 환두(驩兜)를 정벌했
고, 순임금은 묘족(苗族)을 정벌했으며, 우(禹)임금은 공
공(共工)을 정벌했고, 탕(湯)임금은 하(夏)나라를 쳐부줬
고, 문왕(文王)은 숭(崇)나라를 정벌하였으며, 무왕(武王)
은 주(紂)왕을 정벌했는데, 이 네 황제와 두 왕은 모두 어
질고 의로운 군대로써 천하에 출전을 했던 것이네. 그러
므로 가까운 곳의 사람들은 그 선함에 친근해지고 먼 곳
의 사람들은 그 덕을 흠모(欽慕)하여, 군사들은 칼날에 피

를 묻히지 않았어도 멀고 가까운 사람들이 굴복하여 왔
으니, 이곳에 덕이 극성(極盛)한 것을 사방 온 세상에 베
풀게 된 것일세.

시경에 말하기를,

「훌륭한 군자께서는

그의 행동이 그릇되지 않네.

그의 행동이 그릇되지 않아

온 세상을 바로잡은 것일세.」

라 한 것은, 이를 두고 말한 것이네.」

陳囂問孫卿子曰, 先生議兵, 常以仁義爲本. 仁者
愛人, 義者循理, 然則又何以兵爲? 凡所爲有兵者,
爲爭奪也.

孫卿子曰, 非女所知也. 彼仁者愛人, 愛人故惡人
之害之也. 義者循禮, 循禮故惡人之亂之也. 彼兵者,
所以禁暴除害也, 非爭奪也.

故仁人之兵, 所存者神, 所過者化, 若時雨之降,
莫不說喜. 是以堯伐驩兜, 舜伐有苗, 禹伐共工, 湯
伐有夏, 文王伐崇, 武王伐紂, 此四帝兩王, 皆以仁
義之兵, 行於天下也. 故近者親其善, 遠方慕其德,

兵不血刃, 遠邇來服, 德盛於此, 施及四極.

詩曰, 淑人君子, 其儀不忒. 其儀不忒, 正是四國, 此之謂也.

- 陳囂(진효) : 순자의 제자 가운데 한 사람.
- 循理(순리) : 이치를 따라 행동하는 것.
- 女(여) : 汝(여)와 통하여 「그대」, 「너」.
- 神(신) : 신처럼 사람들이 존경하고 두려워한다는 뜻.
- 說喜(열희) : 기뻐하는 것.
- 驩兜(환두) : 요임금 때 환두가 명을 거스리자, 요임금은 그를 숭산(崇山)으로 내치셨다(書經).
- 有苗(유묘) : 묘족(苗族). 순임금 때 명을 거스리던 종족 이름, 순임금은 우(禹)를 시켜 그들을 정벌하였다(書經).
- 共工(공공) : 서경에 의하면, 요임금 때 공공이 명을 거역하여 유주(幽州)로 귀양보냈다 한다. 환두를 숭산으로 내친 것과 같은 때 일인데, 이곳에선 하(夏)나라 우(禹)임금의 일로 기록하고 있으니 근거를 알 수 없다.
- 崇(숭) : 나라 이름. 지금의 섬서성(陝西省) 호현(鄠縣) 동쪽에 있었다.
- 遠邇(원이) : 먼 곳과 가까운 곳.
- 四極(사극) : 사방 땅의 맨끝까지. 온 세상.
- 詩曰(시왈) : 시경 조풍(曹風) 시구(尸鳩)편에 보이는 구절임.
- 淑人(숙인) : 선인(善人). 훌륭한 사람.
- 儀(의) : 儀表(의표). 행동거지(行動擧止).

- 忒(특) : 잘 못되는 것, 어긋나는 것.
- 正是四國(정시사국) : 진환(陳奐)의 설에 따라 이 구절을 더 넣었다(荀子集解). 四國은 사방의 나라, 온 세상.

* 어진 사람의 군대는 해를 막고 악을 처벌하기 위하여 있는 것이지, 싸워서 남의 땅이나 재물을 빼앗기 위하여 있는 것은 아니다. 그러기에 어진 임금은 전쟁을 하더라도 백성들을 사랑하고 정의를 따른다는 기본 원칙에서 벗어나는 행동을 하지 않는다. 그렇기 때문에 어진 임금이 군사를 일으키면 가까운 곳 먼 곳 가릴 것 없이 온 천하가 호응하여, 별로 힘 안들이고 승리를 거두어 세상을 평화롭게 만든다. 군대나 전쟁의 목적은 바로 여기에 있는 것이다. 일반적으로 생각하는 것처럼 남의 나라를 쳐부수고 빼앗고 하는데 있지 않다는 것이다.

3.

예의라는 것은 다스리고 처리하는 규범이요, 강하고 굳건해지는 근본이요, 위세를 펴는 길이요, 공적과 명성을 얻는 귀결점(歸結點)인 것이다. 임금들이 예의를 따르면 천하를 얻는 근거가 될 것이며, 예의를 따르지 않으면 나라를 망치는 근거가 될 것이다.

그러므로 튼튼한 갑옷이나 편리한 무기만으로는 승리하기에 충분하지 못하고, 높은 성이나 깊은 해자만으로는 튼튼히 지키기에 충분하지 못하며, 엄한 명령이나 번거로운 형벌만으로는 위세를 떨치기에 충분하지 못하다. 올바른 도(道)를 따르면 정치가 뜻대로 이루어지지만, 올바른 도를 따르지 않으면 멸망하고 마는 것이다.

禮者, 治辨之極也, 强固之本也, 威行之道也, 功名之總也. 王公由之, 所以得天下也, 不由, 所以隕社稷也.

故堅甲利兵, 不足以爲勝, 高城深池, 不足以爲固, 嚴令繁刑, 不足以爲威. 由其道則行, 不由其道則廢.

- 治辨(치변) : 나라를 잘 다스리고 일을 올바로 처리하는 것.
- 極(극) : 법, 규범.
- 總(총) : 전부 아우르는 점. 요점(要點), 귀결점(歸結點).
- 隕(운) : 떨어지는 것, 망치는 것.

*강한 군대와 충분한 군비(軍備)만 있으면 나라를 잘 다스리고 나라를 부강하게 하고, 나라의 위신을 세우고 공명을 이룰 수 있다고 생각하기 쉽다. 그러나 임금이 올바른 방법으로

이를 행사하지 않으면 천하를 얻기는커녕 나라를 망치고 만다. 그런데 이를 올바로 행사하는 기준이 되는 것은 바로 「예의」라는 것이다. 따라서 예의를 지키는 나라는 흥하고 예의를 무시하는 나라는 망한다는 뜻도 된다.

어떻든 순자가 이처럼 군사(軍事)에 관하여 열을 올려 논설하고 있는 것도 공자나 맹자와는 다른 점이다. 뒤에 손자(孫子)나 오자(吳子) 같은 병가(兵家)들이 순자의 영향을 받지 않았다고는 아무도 말할 수 없을 것이다.

순자

제11권

16. 강국편强國篇

어떻게 하면 나라를 강하게 할 수 있는가를 논한 편. 순자는 힘에 의한 정치를 배척하면서 예의를 바탕으로 하여 도의(道義)에 의한 정치를 하여야만 나라가 강해질 수 있다고 주장한다.

여기에는 예의를 따라야만 정말로 강대한 나라가 이룩될 수 있음을 주장하는 대목과, 진(秦)나라의 패도(覇道)정치를 비평한 두 대목을 번역하기로 한다.

1.

주형(鑄型)이 바르고 금속도 질이 좋고 대장장이의 기술도 교묘하고 불길도 고려야만, 주형을 열었을 때 막야(莫邪) 같은 명검(名劍)이 나온다. 그러나 다듬지 아니하고 갈지 아니하면, 곧 새끼줄도 끊을 수가 없다. 그것을 다듬고, 그것을 갈면 쟁반이나 대야를 쪼개고 소나 말을 베는 것이 간단하게 된다.

저 나라라는 것도 역시 강한 나라를 만드는 것도 주형을 열어놓아서 된 상태 그대로이다. 그러니 교화하지 아니하고 조화 통일시키지 아니하면, 곧 안으로는 나라를 지킬 수가 없고 나가서는 전쟁을 할 수가 없게 된다. 교화시키고 조화 통일시키면 곧 군대는 강해지고 성은 굳건해져서 적국이 감히 공격해 오지 못할 것이다. 저 나라도 역시 숫돌에 갈아야만 하는데, 예의법도가 바로 그것이다.

그러므로 사람의 목숨은 하늘에 달려 있고, 나라의 목숨은 예의에 달려 있다. 임금 된 사람이 예의를 높이고 현명한 이를 존중하면 왕자가 되고, 법을 중히 여기고 백성을 사랑하면 패자가 되고, 이익을 좋아하고 거짓이 많으면 위태로워지고, 권모술수를 쓰고 망치는 짓을 하고 음험(陰險)한 짓을 하면 망할 것이다.

刑范正, 金錫美, 工冶巧, 火齊得, 剖刑而莫邪已. 然而不剝脫, 不砥厲, 則不可以斷繩. 剝脫之, 砥厲之, 則劉盤盂, 刎牛馬忽然耳.

彼國者, 亦强國之剖刑已. 然而不敎誨, 不調一, 則入不可以守, 出不可以戰. 敎誨之, 調一之, 則兵勁城固, 敵國不敢嬰也. 彼國者亦有砥厲, 禮義節奏是也.

故人之命在天, 國之命在禮. 人君者, 隆禮尊賢而王, 重法愛民而霸, 好利多詐而危, 權謀傾覆幽險而亡.

• 刑范(형범) : 刑은 形(형)과 范은 法(법)과 통하여, 쇳물을 부

어 칼을 만드는 주형(鑄型).

- 金錫(금석) : 칼을 만드는 쇠붙이.
- 工冶(공야) : 칼 만드는 공장(工匠). 대장장이.
- 火齊得(화제득) : 불이 고름을 얻는다. 칼의 쇠를 달구는 불의 강도를 적절히 유지하는 것.
- 剖刑(부형) : 주형을 여는 것.
- 莫邪(막야) : 옛날의 유명한 칼 이름.
- 剝脫(박탈) : 쇠를 부어서 나온 칼에 묻은 불순물을 떼어버리며 다듬는 것.
- 砥厲(지려) : 숫돌에 가는 것.
- 繩(승) : 새끼 줄.
- 劙(리) : 쪼개는 것, 칼로 저미는 것.
- 盤(반) : 쇠쟁반.
- 盂(우) : 큰 대접처럼 생긴 쇠그릇.
- 刎(문) : 칼로 자르는 것. 옛날 칼이 완성되면 소나 말을 쳐서 칼을 시험했다 한다.
- 忽然(홀연) : 갑자기 된다, 간단히 된다.
- 敎誨(교회) : 교육, 교화.
- 嬰(영) : 쳐들어 오는 것.
- 節奏(절주) : 법도(法度)와 같은 말.

*나라는 칼을 만드는 거와 같다. 법도대로 올바른 모양으로 좋은 쇠를 써서 기술을 다해 만든 다음, 잘 다듬고 갈아야만 명

검(名劍)이 된다. 나라도 훌륭한 임금에 자원이 풍부한 땅과 백성들이 있어야 하는데, 또 이것을 법도대로 잘 교화시키고 조화 통일시키지 않으면 강한 나라가 못된다. 그런데 나라에 있어서 법도가 되는 것은 바로 예의라는 것이다.

그러기에 나라의 운명은 그 예의에 달려 있다. 임금이 제대로 예의법도를 따르면 왕자가 되고, 그렇지 못하면 그 정도에 따라 패자도 되고 위태로워지기도 하며 망해버리기도 한다. 따라서 나라를 강하게 하는 첫째 요건은 강한 군대나 견고한 성이 아니라 예의라는 것이다.

2.
응후(應侯)가 순자에게 물었다.
「진(秦)나라로 들어가서 무엇을 보셨습니까?」
순자가 대답하였다.
「그들의 견고한 요새는 험하고, 땅의 형세는 유리하고, 산림과 냇물 골짜기는 아름다웠으며, 천연자원(天然資源)의 이점이 많았으니, 이것은 뛰어난 지형입니다.

국경 너머로 들어가 그 나라의 풍속을 보니, 그곳 백성들은 소박했고, 그들의 음악은 음란으로 흐르지 않으며, 그들의 옷은 경박하지 않았고, 관리들을 매우 두려워하면서 순종하고 있었으니, 옛날 백성들과 같았습니다.

도시나 관청에 가 보니 여러 관리들은 숙연히 모두가 공손하고 검소하였으며 착실하고 공경스럽고 충성되고 믿음이 있으면서 그릇되지 아니하였으니, 옛날의 관리들과 같았습니다.

그 나라 도읍엘 들어가 그곳 사대부들을 보니, 그의 집 문을 나와서는 곧장 관청 문으로 들어가고, 관청의 문을 나서서는 곧장 그의 집으로 돌아가 사사로운 일을 하는 적이 없었습니다. 자기와 뜻맞는 사람만 가까이하지 않고 자기네끼리 붕당(朋黨)을 만들지 않으며, 빼어나게 모두가 통달하게 공사를 처리하고 있었으니, 옛날의 사대부들과 같았습니다.

그 나라 조정을 보니, 그곳에서 정사를 듣고 처리함에 여러 가지 일들을 남기어 미루어 두지 않고 고요히 다스리는 사람이 없는 것 같았으니, 옛날의 조정과 다름없었습니다.

그러므로 사대(四代) 동안 승리를 거두어 온 것은 요행이 아니라 당연한 일이었습니다. 이것이 본대로입니다. 그러므로,

『편안하면서도 다스려지고, 간략히 하면서도 상세히

일은 처리되고, 번거롭지 않은데도 공로를 이룩한다.』
고 말하고 있습니다. 정치의 극점이라는 것에 진나라는
거의 가깝습니다.

비록 그렇기는 하지만은 진나라에 우려되는 것이 있
습니다. 이 몇 가지 요건들을 아울러 모두 지니고 있지
만, 그러나 왕자의 공적과 명성에다 대어보면은 까마득
히 그들은 멀리 떨어져 있습니다. 이것은 무엇 때문이겠
습니까? 곧 진나라에는 거의 유학자(儒學者)가 없기 때문
입니다. 그러므로,

『순수하게 유학을 쓰면 왕자가 되고, 잡되게 쓰면 패
자가 되고, 하나도 쓰는 것이 없다면 망한다.』
고 하였습니다. 이것은 또한 진나라의 단점(短點)이 되고
있습니다.」

應侯問孫卿子曰, 入秦何見? 孫卿子曰, 其固塞
險, 形埶便, 山林川谷美, 天材之利多, 是形勝也. 入
境觀其風俗, 其百姓樸, 其聲樂不流汗, 其服不挑,
甚畏有司而順, 古之民也.

及都邑官府, 其百吏肅然, 莫不恭儉, 敦敬忠信而
不楛, 古之吏也. 入其國, 觀其士大夫, 出於其門, 入

於公門, 出於公門, 歸於其家, 無有私事也. 不比周, 不朋黨, 偶然莫不明通而公也, 古之士大夫也.

觀其朝廷, 其間聽決, 百事不留, 恬然如無治者, 古之朝也. 故四世有勝, 非幸也, 數也, 是所見也. 故曰, 佚而治, 約而詳, 不煩而功, 治之至也, 秦類之矣.

雖然, 則有其諰矣. 兼是數具者而盡有之, 然而縣之以王者之功名, 則倜倜然其不及遠矣. 是何也? 則其殆無儒邪! 故曰, 粹而王, 駁而霸, 無一焉而亡, 此亦秦之所短也.

- 應侯(응후) : 진(秦)나라의 재상 범수(范睢). 지금의 하남성(河南省) 보풍현(寶豊縣)에 있던 응(應)땅에 봉함을 받아 응후라고도 부른다.
- 固塞(고새) : 견고한 요새(要塞).
- 天材(천재) : 천연자원(天然資源).
- 樸(박) : 소박, 질박.
- 流汙(유우) : 음탕한 경향으로 흐른다.
- 挑(도) : 괴상하고 유별난 것, 경박한 것.
- 有司(유사) : 관리들.
- 古之民(고지민) : 옛날 이상적인 시대의 백성.
- 肅然(숙연) : 정연(整然)한 모양. 엄숙한 모양.

- 楛(고) : 함부로 악한 짓을 하는 것.
- 公門(공문) : 공소(公所)의 문, 직장인 관청의 문.
- 比周(비주) : 자기와 뜻이 맞는 사람들과 친하게 어울리는 것.
- 倜然(척연) : 높고 먼 모양.
- 恬然(염연) : 안정(安靜)된 모양, 고요한 모양.
- 數(수) : 정해진 일, 당연한 일.
- 諰(시) : 두려움.
- 數具(수구) : 몇 가지 요건.
- 縣(현) : 견주어 보는 것, 대어보는 것.
- 倜倜然(척척연) : 까마득히 높고 멀리 떨어진 모양.
- 殆(태) : 거의, 아마.
- 粹(수) : 순수하게 유학(儒學)의 도를 받아들이는 것.

*진(秦)나라는 나라 땅도 훌륭하고 백성들·관리들·신하들이 모두 훌륭하다. 그런데도 어째서 왕자가 되지 못하는가? 그것은 진나라가 유학(儒學)을 받아들이지 않고 있기 때문이라는 것이다.

이 앞 대목에서 진나라는 탕(湯)임금이나 무왕(武王)보다도 더한 위세와 병력을 가졌고, 순임금이나 우(禹)임금보다도 넓고 큰 땅을 가지고 있었으나 끊임없는 우환(憂患)을 지녀왔다고 했다. 그것은 진나라가 강력한 힘으로만 나라를 다스리려 들었기 때문에, 언제나 세상의 다른 나라들이 힘을 합쳐 자기를 공격하지 않을까 걱정하면서 이에 대비하여야만 하였기 때문이다. 나라를 올바로 다스리자면 힘보다도 어짊과 의로움(仁義)으로 다스려야 한다. 위세를 줄이고 예의를 존중하면서 유가(儒家)에서 주장하는 성실하고 완전한 군자로 하여금 정치를 하도록 하여야만 한다는 것이다.

정말로 강한 나라는 병력이 많고 나라가 부한 나라가 아니라, 유가들이 주장하는 어짊과 의로움으로 다스리는 나라, 군자가 다스리는 나라라는 것이다. 진나라는 표면상으로는 강한 듯하나 정말로 강한 왕자의 나라가 되기에는 거리가 멀다는 것이다.

17. 천론편天論篇

이 편에선 하늘에 대한 순자의 독특한 견해를 논술하고 있다. 하늘은 지각도 의지도 없이 다만 영원 불변하는 원리에 의하여 운행되고 있을 따름이라는 것이다. 따라서 하늘은 사람에게 화나 복을 내려줄 수 없으며, 그것은 모두 사람 자신이 그렇게 만든다는 것이다. 여기에서 순자는 하늘과 사람의 분수(分數)를 완전히 분리하고 사람은 하늘을 잘 이용해야 한다고 주장한다. 곧 사람은 예의법도를 만들어 하늘을 제어하고 하늘을 이용해야 한다는 것이다.

여기에는 하늘에 대한 그의 기본 개념을 논한 부분과 제자들을 비평한 한 대목을 번역하기로 한다.

1.

하늘의 운행(運行)에는 일정한 법도가 있다. 요임금 때문에 존재하지도 않거니와 걸(桀)왕 때문에 없어지지도 않는다. 다스림으로써 거기에 호응하면 곧 길(吉)하고, 어지러움으로써 거기에 호응하면 곧 흉(凶)하다. 농사 같은 근본적인 일에 힘쓰면서 쓰는 것을 절약하면 곧 하늘은 가난하게 할 수 없고, 양생(養生)에 대비하면서 철에 알맞게 움직이면 곧 하늘도 병들게 할 수 없으며, 올바른 도를 닦아 이를 어기지 않으면 곧 하늘도 재난을 당하게 할 수 없다. 그러므로 장마와 가뭄도 그런 사람을 굶주리게 할 수 없으며, 추위와 더위도 그런 사람을 병들게 할 수 없으며, 요괴(妖怪)도 그런 사람을 불행하게 할 수 없다.

농사 같은 근본적인 일은 버려두고 쓰는 것만 사치하게 하면, 곧 하늘은 그를 부하게 할 수 없으며, 양생은 소홀히 하고 드물게 움직이면, 곧 하늘은 그를 온전하게 할 수 없으며, 올바른 도를 어기고 함부로 행동하면 하늘은 그를 길하게 할 수 없다. 그러므로 그런 사람은 장마와 가뭄이 오기도 전에 굶주리고, 추위와 더위가 닥쳐오지도 않아도 병이 나며, 요괴가 나타나기도 전에 불행하게 된다.

타고난 때는 평화롭던 시대와 같은 데도 재앙과 재난은 평화롭던 시대와는 달리 많은 것에 대해, 하늘을 원망할 수는 없는 것이며, 그들의 행동 방법이 그렇게 만든 것이다. 그러므로 하늘과 사람의 구분에 밝으면, 곧 그를 지극한 사람(至人)이라 말할 수 있을 것이다.

天行有常. 不爲堯存, 不爲桀亡. 應之以治則吉, 應之以亂則凶. 彊本而節用, 則天不能貧, 養備而動時, 則天不能病, 脩道而不貳, 則天不能禍. 故水旱不能使之飢渴, 寒暑不能使之疾, 祅怪不能使之凶.

本荒而用侈, 則天不能使之富, 養略而動罕, 則天不能使之全, 倍道而妄行, 則天不能使之吉. 故水旱未至而飢, 寒暑未薄而疾, 祅怪未至而凶.

受時與治世同, 而殃禍與治世異, 不可以怨天, 其

道然也. 故明於天人之分, 則可謂至人矣.

- 常(상) : 만고불변(萬古不變)하는 법도.
- 彊(강) : 힘쓰는 것.
- 本(본) : 농업 같은 근본적인 생산업.
- 養備(양비) : 양생(養生)에 대비하는 것. 건강 유지와 증진에 힘쓰는 것.
- 動(동) : 운동. 움직이는 것.
- 不貳(불이) : 둘로 안되는 것, 곧 올바른 도를 어기는 일이 없는 것.
- 飢渴(기갈) : 배고프고 목마른 것, 굶주리는 것.
- 疾(질) : 질병. 병드는 것.
- 祅怪(요괴) : 요사스런 괴물.
- 侈(치) : 사치한 것.
- 略(략) : 소홀히 하는 것.
- 罕(한) : 드물게 하는 것, 부족한 것.
- 全(전) : 온전한 것, 건강한 것.
- 倍(배) : 背(배)와 통하여 「배반」, 「어기는 것」.
- 薄(박) : 迫(박)과 통하여 「닥쳐오는 것」.
- 受時(수시) : 타고난 때, 타고난 시대.
- 殃禍(앙화) : 재앙과 불행.
- 其道(기도) : 사람들이 행동하는 방법.

* 하늘은 아무런 의지도 없이 일정한 원리를 따라 운행되고

있을 따름이다. 따라서 하늘이 사람의 운명을 지배하는 것이 아니라 사람들의 행동이 자기의 운명을 결정한다. 빈부(貧富)나 길흉(吉凶) 또는 사람들의 건강까지도 모두 사람들 자신이 어떤 상태로 만드는 것이다. 따라서 사람들은 하늘을 오히려 잘 이용하도록 하여야 한다. 이처럼 하늘과 사람의 구별을 분명히 알고 있는 사람은 「지극한 사람(至人)」이라는 것이다.

하늘이란, 현대어로는 자연이란 말로 바꿔도 될 것이다. 이 자연을 잘 이용하는 사람이 바로 성인(聖人)인 것이다. 그러기에 사람은 타고난 재질이나 부귀(富貴)보다도 그의 노력에 의하여 후천적(後天的)으로 얻어진 수양(修養)이나 덕행(德行), 의지(意志) 같은 것이 더욱 중요하다. 군자와 소인의 구별도 타고난 것, 또는 이미 주어진 부귀 같은 것보다도 이러한 후천적인 노력에 의하여 구별된다고 한다. 이것도 유명한 그의 성악설(性惡說)과 관통(貫通)되는 사상이다.

2.

하늘을 위대하게 여기고 그 생성의 힘을 고맙게 생각하고 있는 것과, 물건을 저축하면서 그것을 사용하는 것과 누가 더 낫겠는가? 하늘을 따르면서 그것을 기리는 것과, 하늘로부터 타고난 것을 처리하면서 그것을 이용하는 것과 누가 더 낫겠는가? 철을 바라보면서 그것을 기다리기만 하는 것과, 철에 호응하여 그것을 활용하는 것과 누가 더 낫겠는가?

물건을 그대로 두고 그것이 많아지기 바라는 것과, 능력을 다하여 그것을 변화시키려는 것과 누가 더 낫겠는가? 물건을 갖고자 생각하면서 만물을 자기 것이라 여기는 것과, 물건을 정리하여 그것을 잃지 않도록 하는 것과 누가 더 낫겠는가? 물건을 낳게 하는 자연을 사모하는 것과, 물건을 완성시키는 사람의 입장을 지니는 것과 누가 더 낫겠는가? 그러므로 사람으로서의 입장을 버리고 하늘을 생각한다면 곧 만물의 실정(實情)을 잃게 될 것이다.

大天而思之, 孰與物畜而制之? 從天而頌之, 孰與制天命而用之? 望時而待之, 孰與應時而使之?

因物而多之, 孰與騁能而化之? 思物而物之, 孰與理物而勿失之也? 願於物之所以生, 孰與有物之所以成? 故錯人而思天, 則失萬物之情.

- 大天(대천) : 하늘, 또는 자연의 힘을 위대하다고 보는 것.
- 孰與(숙여) : 누구편을 들겠는가? 어느쪽이 좋겠는가?
- 制(제) : 裁(재)와 통하여 「적절히 처리하는 것」.

- 頌(송) : 찬송하는 것, 기리는 것.
- 天命(천명) : 하늘이 명한 것, 곧 선천적으로 타고난 것.
- 使(사) : 부리다, 활용하다.
- 因物(인물) : 물건으로 말미암아, 곧 물건을 그대로 두고서.
- 騁能(빙능) : 능력을 발휘하는 것.
- 思物(사물) : 물건을 가지려고 생각하다.
- 物之(물지) : 모든 물건을 자기 것이라 여기다.
- 願(원) : 흠모하는 것.
- 所以生(소이생) : 물건을 생성케 한 원인, 곧 자연임.
- 所以成(소이성) : 물건을 완성케 하는 원인이 되는 것, 곧 사람, 사람의 입장.
- 錯(조) : 措(조)와 통하여 「버려 두는 것」.

＊여기서는 더욱 뚜렷이 하늘과 사람의 입장을 구분하고, 사람은 하늘을 잘 이용해야 됨을 강조하고 있다.

여기에서 대조적으로 떠오르는 것은 자연으로 동화되기를 주장한 도가(道家) 사상이다. 노자(老子)와 장자(莊子)는 사람의 입장을 버리고 자연 속으로 돌아가 자연의 변화와 함께 변화하며 살 것을 주장하였었다.

3.

만물이란 도(道)의 일부이고, 한 물건이란 만물의 일부이며, 어리석은 자는 한 물건의 일부인 것이다. 그런데도 스스로는 도를 알고 있다고 생각하는데, 실은 알지 못하는 것이다.

신자(愼子)는 뒤에서만 보고 앞에서는 보지 못하였으며, 노자(老子)는 굽히는 것만 알고 있었지 뻗치는 것은 알지 못하였으며, 묵자(墨子)는 가지런한 것만을 알았지 특출한 것은 알지 못하였으며, 송자(宋子)는 적은 것만 알고 있었지 많은 것은 알지 못하였다.

뒤만 알고 앞을 알지 못하면 군중(群衆)들은 나아갈 길을 모를 것이며, 굽힐 줄만 알고 뻗는 것을 모른다면, 곧 귀하고 천한 신분이 구별되지 않을 것이며, 가지런한 것만 알고 특출한 것이 있음을 모른다면 곧 정령(政令)이 베풀어지지 않을 것이며, 적은 것만 알고 많은 것을 모른다면, 곧 군중들이 교화되지 않을 것이다.

서경에 말하기를,

「자기만 좋아하는 일 없이

임금의 길을 따를 것이며,

자기만 싫어하는 일 없이

임금의 도를 따를 것이다.」

라 하였는데, 이를 두고 말한 것이다.

萬物爲道一偏, 一物爲萬物一偏, 愚者爲一物一偏, 而自以爲知道, 無知也.

愼子有見於後, 無見於先. 老子有見於詘, 無見於信. 墨子有見於齊, 無見於畸. 宋子有見於少, 無見於多.

有後而無先, 則羣衆無門. 有詘而無信, 則貴賤不分. 有齊而無畸, 則政令不施. 有少而無多, 則羣衆不化.

書曰, 無有作好, 遵王之道, 無有作惡, 遵王之路, 此之謂也.

- 一偏(일편) : 한편으로 치우쳐진 일부분.
- 愼子(신자) : 전국시대 조(趙)나라 사람, 이름은 신도(愼到). 황제(黃帝)와 노자(老子)의 도덕(道德)에 관한 법술을 배웠다고 하나 형벌과 법을 중시하여 한서(漢書) 예문지(藝文志)엔 법가(法家) 속에 넣고 있다. 그의 저서로 「신자」한 권이 있다.
- 詘(굴) : 屈(굴)과 통하여, 몸을 굽히는 것.
- 信(신) : 伸(신)과 통하여, 몸을 뻗치는 것.
- 齊(제) : 모든 것이 평등한 것.
- 畸(기) : 일정치 않은 것, 특출하게 있는 것.
- 宋子(송자) : 이름은 형(鈃), 송(宋)나라 사람으로 맹자(孟子)와

같은 시대에 살았다. 장자(莊子), 관자(管子) 등 책에도 단편적인 그에 관한 기록이 있으나 상세한 그의 사상은 알 수 없다. 대체로 도가(道家)에 속하는 사상가로 보는 사람이 많다. 뒤의 「정론편(正論篇)」엔 다시 그에 대한 비평이 보인다.

• 門(문) : 나아갈 곳, 나아갈 길.

* 사물(事物)의 한 부분만을 보고 전체를 판단하는 것은 어리것은 것이다. 신자(愼子), 노자(老子), 송자(宋子), 묵자(墨子) 같은 제자들이 바로 그런 사람들이라는 것이다. 하늘과 사람을 분리시켜 냉정히 전체를 관찰할 때 올바른 도(道)를 파악하게 된다고 생각한 것이다.

유가에서도 공자나 맹자는 하늘이나 하늘의 명(命)에 대하여 독실(篤實)한 믿음을 지니고 있었다. 그들은 하늘을 잘 이용하는 것이 아니라 하늘의 뜻이나 자연의 질서를 따르는 것이 올바른 길이라고 생각하였다. 현대인의 눈으로 보면, 순자의 하늘이나 자연에 대한 견해가 공자나 맹자보다도 과학적이었다고 할 수 있을 것이다.

순자

제12권

18. 정론편正論篇

　　이 편에선 여러 학파들이나 세상의 일반적인 그릇된 견해들을 비평하면서 자기의 입장을 밝히고 있다. 여기에는 임금의 정치방법을 논하면서 법가(法家)적인 사상을 배척한 대목과, 요임금과 순임금이 임금 자리를 선양(禪讓)했다는데 대한 비평과, 송형(宋鈃)의 비투론(非鬪論)을 반박한 대목들을 번역하기로 한다. 이 편에서도 유가 중에서도 독특한 순자의 입장을 발견하게 될 것이다.

1.

세속에서 논하는 사람에는 「임금의 통치 방법은 비밀히 하는 게 유리하다.」고 하는 이가 있으나, 그것은 그렇지 않다. 임금이란 백성들의 선창자(先唱者)이며, 지배자란 아래 사람들의 의표(儀表)인 것이다. 그들은 선창하는 것을 듣고서 호응하며, 의표를 보고서 움직인다. 선창이 잠잠히 없으면 백성들은 호응이 없고, 의표가 숨기어 드러나지 않으면 아래 사람들은 움직임이 없을 것이다. 호응이 없고 움직임도 없다면, 곧 위아래가 서로 의지할 게 없게 된다. 이렇게 된다면, 곧 임금이 없는 거나 같게 될 것이니, 불행이 이보다 더 클 수가 없을 것이다. 그러므로 임금이란 백성들의 근본이 되는 것이다.

임금이 드러내어 밝히면 곧 백성은 잘 다스려질 것이며, 임금이 바르고 성실하면 곧 백성도 성실해질 것이며,

임금이 공정하면 백성들은 정직하게 될 것이다. 잘 다스려지면 통일되기 쉽고, 성실하면 부리기 쉽고, 정직하면 마음을 알기 쉽다. 통일되기 쉬우면 곧 강해지고, 부리기 쉬우면 곧 공이 있게 되고, 마음을 알기 쉬우면 곧 분명해질 것이다. 이것이 다스림이 되어지는 근본인 것이다.

임금이 비밀을 지키면 곧 백성은 어두움을 의심할 것이며, 임금이 음험하면 곧 백성은 간사해질 것이며, 임금이 한편으로 치우치면 곧 백성은 아첨으로 환심을 사게 될 것이다. 어두움을 의심하게 되면 통일되기 어렵고, 간사해지면 부리기 어렵고, 아첨으로 환심을 사게 되면 마음을 알기 어렵다. 통일되기 어려우면 곧 강하지 못하고, 부리기 어려우면 곧 공을 이루지 못하고, 마음을 알기 어려우면 곧 분명하지 못할 것이니, 이것이 혼란이 생겨나는 근본인 것이다.

그러므로 임금의 방법은 현명한 게 이롭고 어두운 건 이롭지 않으며, 밝게 드러냄이 이롭고 비밀히 하는 것은 이롭지 않다. 그러므로 임금의 통치 방법이 밝으면 백성들이 안락하게 되고, 임금의 통치 방법이 어두우면 백성들은 위태로워진다. 그리하여 백성들이 안락하면 임금이 존귀(尊貴)하게 되고, 백성들이 위태로우면 임금은 천하게 된다. 그러므로 임금의 본 마음을 알기 쉬우면 곧 백성들은 임금과 친해지고, 임금의 본 마음을 알기 어려우면 곧 백성들은 임금을 두려워하게 되는 것이다. 백성들이 임금과 친하면 임금은 안락하여지고, 백성들이 임금을 두려워하면 임금은 위태로워진다. 그러므로 임금의 방법은 본심을 알기 어려운 것보다 더 나쁜 게 없으며, 백성들로 하여금 자기를 두려워하게 하는 것보다 더 위태로운 것은 없다.

　전하는 말에,

「그를 미워하는 사람이 많으면 위태롭다.」하였고,

　서경에는

「밝은 덕을 잘 밝히셨다.」하였고,

　시경에는

「밝고 밝게 백성을 다스리셨다.」

고 하였다. 그러므로 옛 임금들께서는 밝게 다스리셨던 것이다. 어찌 그토록 어둡게 다스리셨겠는가!

　世俗之爲說者曰, 主道利周, 是不然. 主者, 民之唱也, 上者, 下之儀也. 彼將聽唱而應, 視儀而動. 唱默則民無應也, 儀隱則下無動也. 不應不動, 則上下

無以相有也. 若是則與無上同也, 不祥莫大焉. 故上者, 下之本也.

上宣明則下治辨矣, 上端誠則下愿慤矣, 上公正則下易直矣. 治辨則易一, 愿慤則易使, 易直則易知. 易一則彊, 易使則功, 易知則明, 是治之所由生也.

上周密則下疑玄矣, 上幽險則下漸詐矣, 上偏曲則下比周矣. 疑玄則難一, 漸詐則難使, 比周則難知. 難一則不彊, 難使則不功, 難知則不明, 是亂之所由作也.

故主道利明, 不利幽, 利宣, 不利周. 故, 主道明則下安, 主道幽則下危. 故下安則貴上, 下危則賤上. 故上易知則下親上矣, 上難知則下畏上矣. 下親上則上安, 下畏上則上危. 故主道, 莫惡乎難知, 莫危乎使下畏己.

傳曰, 惡之者衆則危. 書曰, 克明明德, 詩曰, 明明在下. 故先王明之, 豈特玄之耳哉!

- 主道(주도) : 임금의 도. 임금이 통치하는 방법.
- 周(주) : 주밀(周密). 비밀히 하는 것.
- 唱(창) : 소리쳐 부르는 것. 선창(先唱).
- 儀(의) : 의표(儀表), 모범.

- 相有(상유) : 서로 존재를 인정하며 의지하는 것.
- 不祥(불상) : 불행.
- 宣明(선명) : 밝게 드러내는 것, 널리 밝히는 것.
- 治辨(치변) : 잘 다스려지는 것.
- 端誠(단성) : 바르고 성실한 것.
- 愿愨(원각) : 성실한 것.
- 易直(이직) : 평직(平直), 정직.
- 易知(이지) : 본 마음을 알기 쉬운 것.
- 疑玄(의현) : 어두운 것을 의심하는 것.
- 偏曲(편곡) : 자기가 좋아하는 한편으로만 치우치는 것.
- 漸詐(점사) : 점점 거짓을 하게 되는 것, 간사하게 되는 것.
- 傳曰(전왈) : 예부터 전하는 말에 이르기를.
- 書曰(서왈) : 서경 주서(周書) 강고(康誥)편에 보이는 말.
- 克明(극명) : 밝힐 수 있었다, 잘 밝히었다.
- 詩曰(시왈) : 시경 대아(大雅) 대명(大明)편에서 문왕의 덕을 기린 구절.

*법가(法家)들은 백성들을 법과 형벌로써 엄히 다스리면 되지, 백성들을 이해시키고 백성들에게 정치를 공개할 필요가 없다고 주장하였다. 여기에서 첫머리에 세속(世俗)의 설이라 하였지만, 실은 법가의 사상과 가장 가까운 설이다.

순자는 법가처럼 국민을 무시하고 법과 형벌로만 다스린다는 입장을 반대하고, 정치란 어디까지나 공명정대(公明正大)하여야 함을 역설한다. 옛날의 탕임금이나 문왕도 모두 공명한 정치를 하였기 때문에 왕자가 될 수 있었다는 것이다. 여기에선 유가의 전통적인 사상을 주장한 것이라 볼 수 있겠다.

2.

세속의 논설을 하는 사람들이 말하기를 「요임금과 순임금은 선양(禪讓)을 하였다.」고 하는데, 사실은 그렇지 않다. 천자란 권세와 지위가 지극히 존귀하여 천하에 필적(匹敵)할 게 없는데, 또한 누구에게 양도(讓渡)하겠는가?

올바른 도와 덕이 순수하게 갖추어지고 지혜가 매우 밝으며, 왕좌에 앉아 천하의 일을 처리하면, 살고 있는 무리들이라면 모두가 감동하며 복종함으로써 그에게 교화되어 순종케 된다. 천하엔 숨어 있는 선비가 없게 되고, 선한 사람을 그대로 버려두는 일이 없다. 동조하는 사람은 옳고, 어기는 사람은 그릇되었다. 그런데 또 어찌 천하를 물려주겠는가?

世俗之爲說者曰, 堯舜擅讓, 是不然. 天子者執位至尊, 無敵於天下, 夫有誰與讓矣?

道德純備, 智惠甚明, 南面而聽天下, 生民之屬莫
不振動從服以化順之. 天下無隱士, 無遺善. 同焉者,
是也, 異焉者, 非也. 夫有惡擅天下矣?

- 擅讓(선양) : 천자의 자리를 남에게 물려 주는 것, 禪讓(선양)
  이라 흔히 쓴다. 요임금은 자기 아들이 용렬하여 세상에서
  덕 있는 사람을 구한 결과 순(舜)을 얻어 그에게 천자의 자리
  를 물려주었다 한다. 순임금은 다시 나라의 홍수를 다스리
  어 공이 큰 우(禹)에게 그 자리를 물려주어, 우임금은 하(夏)
  나라의 시조가 되었다.
- 南面(남면) : 옛날부터 임금은 남쪽을 향해 앉고 신하들은 동
  쪽과 서쪽 양편으로 갈라서서 조회(朝會)를 하였다. 그리하
  여 후세엔 임금 노릇하는 것을 「南面稱王(남면칭왕)」이라고
  도 말하게 되었다.
- 聽(청) : 정사를 듣고 처리하는 것.
- 振動(진동) : 두려운 듯이 떠는 것.
- 遺善(유선) : 빠뜨린 선한 사람, 그대로 버려둔 선한 사람. 선
  한 사람에게는 모두 상과 벼슬을 주었다는 뜻.
- 同焉者(동언자) : 임금의 하는 일에 동조하는 자.
- 異焉者(이언자) : 임금의 정책과 다른 의견이 있거나 다른 행
  동을 하는 자.

*요임금과 순임금이 각기 임금 자리를 순(舜)과 우(禹)에게

물려줬다는 선양설(禪讓說)은 서경의 요전(堯典)과 순전(舜典), 또는 논어(論語), 맹자(孟子)에도 보이는 유가들의 유명한 설이다. 나쁜 임금을 쳐부수고 덕 있는 사람이 임금이 된다는 방벌설(放伐說)과는 대조가 되는 것으로 유가에서는 이「선양」을 가장 이상적인 왕조의 교체 방법으로 받들어 왔다.

선양설은 본시 묵가(墨家)에게서 나온 것이라고도 하지만, 이미 유가의 전통적인 학설이 된 것을 순자는 정면으로 반대하고 나선 것이다. 성인이 지니는 천자의 자리란 남에게 물려줄 수가 없는 것이라는 것이다. 요임금 뒤에 순임금이 천자가 된 것은, 요임금이 순임금에게 왕위를 물려준 때문이 아니라 요임금과 같은 성인이 순임금이 있었기 때문에 성인이 성인의 자리를 계승한 것이라는 것이다. 순임금이나 우임금이 천자가 되었던 것은 남이 그 자리를 물려줬기 때문이 아니라, 그들 자신이 지극한 덕을 지니고 있어서 천하가 당연한 원리에 의하여 그들 성인에게 계승된 것이라는 것이다.

뒤에는 또 어떤 사람은 요・순 두 임금이「죽게 되었으므로 천자의 자리를 양도하였다.」는 설과「노쇠하였기 때문에 선양하였다.」고 주장하는데, 그것도 당치않은 말임을 반박하고 있다. 어떻든 유가에 속하는 순자가 유가의 전통적인 학설을 부정하고 나섰다는 것은 재미있는 일이다.

3.

송자(宋子)가 말하였다.

「업신여김을 당하여도 욕되지 않음을 밝히면 사람들은 싸우지 않게 된다. 사람들은 모두 업신여김을 당하는 것을 욕된다고 여기기 때문에 싸운다. 업신여김을 당해도 욕되지 않음을 알면 곧 싸우지 않는다.」

이에 대하여 말하였다.

「그렇다면 또한 사람의 감정이 업신여김을 싫어하지 않는다고 보는가?」

「싫어하지만 욕되다고 여기지는 않는 것이다.」

내 생각으로는 그런 방법으로는 틀림없이 바라는 대로 싸우지 않도록 만들지 못할 것이다. 모든 사람들이 싸울 적에는 반드시 그가 싫어하는 것으로써 이유를 삼지, 그가 욕을 봤다는 까닭으로 싸우는 것은 아니다. 지금 배우나 난쟁이들이나 우스갯짓을 하는 자들(광대)이 욕을 먹고 업신여김을 당해도 싸우지 않는 것이 어찌 바로 업신여김을 당한 것이 욕되지 않음을 알기 때문이겠는가? 그런데도 싸우지 않는 것은 싫어하지 않기 때문인 것이다.

지금 어떤 사람이 남의 집 개구멍으로 들어가 그 집의 돼지를 훔친다고 하자, 그러면 칼과 창을 들고서 그를 추격하며 죽고 다치는 것도 상관하지 않을 텐데, 이것이 어찌 돼지를 잃는 것을 욕되다고 여기기 때문이겠는가? 그런데도 싸움을 꺼리지 않는 것은 그것을 싫어하기 때문인 것이다. 비록 업신여김을 당하는 것을 욕되다고 여긴다 하더라도 싫어하지 않으면 싸우지 아니한다. 비록 업신여김을 당한 것이 욕되지 않음을 안다 하더라도 그것을 싫어하면, 곧 반드시 싸운다. 그러니 싸우고 싸우지 않는 것은 욕되고 욕되지 않는 것과 관계가 없으며, 바로 그것을 싫어하는가 싫어하지 않는가에 달려 있다.

지금 송자는 사람들이 업신여김을 당하는 것은 싫어함을 이해하지 못하고서 사람들에게 욕되게 하지 말 것을 역설하고 있으니, 어찌 매우 지나친 일이 아니겠는가? 쇠 혓바닥이 달린 입이 헤지도록 떠들어도 아무 이익도 없을 것이다. 그것이 아무 이익도 없음을 알지 못한다면 무지(無知)한 것이고, 아무 이익도 없는 줄 알면서도 다만 그렇게 함으로서 사람들을 속이려 한다면, 곧 어질지 못한 것이다. 어질지 못하고 무지한 것처럼 더 큰 욕됨은 없는 것이다. 사람들에게 이익이 있다고 생각하려 들겠지만 모두 사람들에게는 이익이 없는 것이니, 곧 큰 욕을 당하고서 물러나게 될 것이다. 논설에 있어서 이보다 병폐(病弊)가 더 되는 일은 없을 것이다.

子宋子曰, 明見侮之不辱, 使人不鬪. 人皆以見侮
爲辱, 故鬪也. 知見侮之爲不辱, 則不鬪矣.

應之曰, 然則亦以人之情爲不惡侮乎? 曰, 惡而不
辱也. 曰, 若是則必不得所求焉. 凡人之鬪也, 必以
其惡之爲說, 非以其辱之爲故也. 今俳優侏儒狎徒,
詈侮而不鬪者, 是豈鉅知見侮之爲不辱哉? 然而不
鬪者, 不惡故也.

今人或入其央瀆, 竊其豬彘, 則援劍戟而逐之, 不
避死傷, 是豈以喪豬爲辱也哉? 然而不憚鬪者, 惡之
故也. 雖以見侮爲辱也, 不惡則不鬪. 雖知見侮爲不
辱, 惡之則必鬪. 然則鬪與不鬪邪, 亡於辱之與不辱
也, 乃在於惡之與不惡也.

夫今子宋子, 不能解人之惡侮, 而務說人以勿辱
也, 豈不過甚矣哉? 金舌弊口, 猶將無益也. 不知其
無益則不知, 知其無益也, 直以欺人, 則不仁. 不仁
不知, 辱莫大焉. 將以爲有益於人, 則與無益於人也,
則得大辱而退耳, 說莫病是矣.

- 子宋子(자송자) : 앞의 천론편(天論篇)에서 보인 송형(宋鈃), 그에게는 묵가(墨家)적인 면과 도가(道家)적인 면이 있어, 어떤 사람은 묵가에 넣기도 하나 현재 와서는 도가에 속하는 사상가로 치는 사람들이 많다. 그것은 장자(莊子) 소요유(逍遙遊)·천하(天下) 제편과 관자(管子)의 여러 편에 보이는 송자에 관한 기록에 근거를 둔 것이다.
- 見侮(견모) : 업신여김을 당하다. 見은 피동(被動)을 나타냄.
- 惡侮(오모) : 업신여김 당함을 싫어하다.
- 所求(소구) : 구하는 바, 곧 사람들로 하여금 싸우지 않게 하려는 것.
- 俳優(배우) : 옛날 궁전에서 간단한 우스갯짓이나 가무(歌舞)를 하여 사람들을 즐겁히는 사람들.
- 侏儒(주유) : 난쟁이. 난쟁이도 궁전에서 우스운 몸짓으로 사람들을 웃겼다.
- 狎徒(압도) : 재미있는 놀이를 하여 사람들을 즐겁히는 사람들.
- 詈(리) : 욕을 먹는 것.
- 鉅(거) : 遽(거)와 통하여 「바로」.
- 豈鉅(기거) : 합쳐 「어찌」의 뜻으로 보아도 좋다, 이때 鉅는 뜻없이 어조사(王念孫說 荀子集解).
- 央瀆(앙독) : 집의 수챗구멍, 개구멍.
- 豬彘(저체) : 돼지.
- 援(원) : 들다, 잡다.
- 戟(극) : 창.

- 憚(탄) : 꺼리는 것, 두려워하는 것.
- 亡於(무어) : …에 달려 있지 않다, …과 관계 없다.
- 說人(세인) : 사람들을 설복시키는 것.
- 金舌弊口(금설폐구) : 쇠로 된 혀라 하더라도 입을 놀리며 말하여 헤지도록 한다, 곧 한없이 떠들어댄다는 뜻.
- 直(직) : 只(지)와 통하여 「다만」.

*도가에 속하는 송형(宋銒)의 비투론(非鬪論)을 반박한 글. 송형은 사람들이 싸우는 원인은 남을 「욕되게 하기 때문」이라 보고, 사람들로 하여금 비록 업신여김을 당하더라도 욕됨을 느끼지 않게 함으로써 사람들 사이의 싸움을 없애려 하였다. 순자에 의하면, 이것은 완전히 그릇된 생각이라는 것이다. 사람들이 싸우는 원인은 욕을 당하기 때문이 아니라 상대방이 자기가 싫어하는 일을 하기 때문이라는 것이다.

여기에 이어 순자는 다시 송자의 논리가 바르지 못함을 지적하면서 그가 「사람들은 정욕이 적기를 바라나 모두 자기의 정욕은 많다고 생각한다.」고 한 말을 반박하고 있다.

어떻든 이 편의 본 뜻은 어떤 학설을 주장하는 사람은 이론이 공명정대(公明正大)해야 한다. 사람들은 어느 사물의 일부분만 보고 전부를 판단하기 때문에 그릇된 학설을 만든다던 앞 천론편(天論篇)의 끝 대목을 부연한 것 같다.

순자

제13권

19. 예론편禮論篇

　순자는 사회의 질서를 올바로 유지하기 위하여는 사람들의 신분에 알맞는 「예」가 필요하다고 하였다. 여기에서는 예가 바로 나라를 흥하게 하는 요건이며, 개인도 예를 통하여 올바른 자신을 유지할 수 있다고 주장하고 있다. 이 편의 후반에서는 특히 상례(喪禮)에 대한 설명을 자세히 하고 있다. 이 예는 순자 사상의 중심을 이룬다 해도 과언이 아니므로 특히 주의하여 읽어야만 할 것이다. 이 편의 마지막엔 제사에 대한 설명을 한 부분이 있으나 생략하였다. 다만 그의 제사는 죽은 이를 위하기보다는 산 사람을 위하는 것이라는 합리적인 해설은 주목을 끈다.

1.

예는 어디서 생겨났는가? 그것은 사람은 나면서부터 욕망이 있는데, 바라면서도 얻지 못하면 곧 희구(希求)함이 없을 수 없고, 희구함이 일정한 도량(度量)이나 한계가 없다면 곧 다투지 않을 수 없게 된다. 다투면 어지러워지고 어지러워지면 궁하여지는 것이다. 옛 임금들께서는 그 어지럼움을 싫어하셨기 때문에 예의를 제정하여 이들의 분계(分界)를 정함으로써 사람들의 욕망을 충족시켜 주고, 사람들의 희구하는 것을 공급케 하였던 것이다. 그리하여 욕망으로 하여금 반드시 물건에 궁하여지지 않도록 하고, 물건은 반드시 욕망에 부족함이 없도록 하여, 이 두 가지 것이 서로 견제하며 발전하도록 하였는데, 이것이 예가 생겨난 이유인 것이다.

그러므로 예란 욕망을 충족시켜 주는 것이다. 예에 정

해진 소·돼지와 벼·수수와 여러 가지 조화된 맛은 입을 충족시켜 주는 것이다. 산초(山椒)와 난초 및 향기로운 것들은 코를 충족시켜 주는 것이다. 여러 가지 조각과 보불(黼黻) 같은 무늬와 채색은 눈을 충족시켜 주는 것이다. 종과 북과 피리와 경(磬)과 금(琴)과 슬(瑟)과 우(竽)와 생황(笙簧)은 귀를 충족시켜 주는 것이다. 탁 트인 방과 우람한 궁정과 돗자리와 침대와 안석과 방석은 몸을 충족시켜 주는 것이다.

그러므로 예란 욕망을 충족시켜 주는 것이다. 군자가 이미 그의 욕망을 충족시켰다면, 또 그 분별을 좋아할 것이다. 분별이란 무엇을 말하는가? 그것은 귀하고 천한 등급이 있고, 어른과 어린이의 차별이 있고, 가난한 사람과 부자의 가볍고 무거움이 있어, 모두 알맞게 어울리고 있음을 뜻하는 것이다.

禮起於何也? 曰, 人生而有欲, 欲而不得, 則不能無求, 求而無度量分界, 則不能不爭. 爭則亂, 亂則窮. 先王惡其亂也, 故制禮義以分之, 以養人之欲, 給人之求. 使欲必不窮乎物, 物必不屈於欲, 兩者相持而長, 是禮之所起也.

故禮者, 養也. 芻豢稻梁, 五味調香, 所以養口也.
椒蘭芬苾, 所以養鼻也. 彫琢刻鏤, 黼黻文章, 所以
養目也. 鍾鼓管磬, 琴瑟竽笙, 所以養耳也. 疏房檖
貌, 越席牀第几筵, 所以養體也.

故禮者, 養也. 君子旣得其養, 又好其別. 曷謂別?
曰, 貴賤有等, 長幼有差, 貧富輕重, 皆有稱者也.

- 度量(도량) : 일정한 길이나 양.
- 養(양) : 길러준다, 충족시킨다.
- 芻豢(추환) : 소, 돼지 같은 가축.
- 稻梁(도량) : 벼와 수수(또는 기장). 모두 예에 정해져 있는
  가축과 곡식을 뜻함.
- 五味(오미) : 맵고, 시고, 달고, 짜고, 쓴 다섯 가지 맛.
- 調香(조향) : 香은 盃(화)로 씀이 옳으며 「조화(調和)」의 뜻(王
  念孫說 荀子集解).
- 椒(초) : 산초.
- 芬苾(분필) : 향기로운 것들.
- 彫琢(조탁) : 구슬 같은 데 조각하는 것.
- 刻鏤(각루) : 쇠 같은 데 조각하는 것.
- 黼(보) : 희고 검은 도끼 모양이 연결된 무늬.
- 黻(불) : 己 모양이 옆으로 연결된 모양의 무늬.
- 疏房(소방) : 탁 트인 방.
- 檖貌(수모) : 檖는 邃(수), 貌는 廟(묘)의 뜻으로써 「깊숙한 묘

당」,「우람한 궁전(楊倞注)」.

- 越席(월석) : 돗자리.
- 牀第(상자) : 牀은 지금의 침대, 第는 대를 엮어 침대 위에 깐 것, 그러나 두 자를 합쳐 보통「침대」의 뜻으로 쓴다.
- 几筵(궤연) : 안석과 방석. 사람이 죽었을 때 신을 모시기 위해 궤연을 마련하기도 한다.
- 曷(갈) : 어찌, 무엇을.
- 稱(칭) : 알맞게 어울리는 것.

＊예란 사람들의 요구를 충족시키기 위하여 생겨난 법도라는 것이다. 멋대로 버려두면 사람들의 수요(需要)와 공급(供給)이 제대로 균형 잡히지 않을 것임으로, 예로써 이에 차질이 없도록 조절하는 것이라 한다.

사람들의 욕구가 충족되면, 또 이와 함께 사회적인 신분의 분별이 요구된다. 이러한 신분의 분별을 올바로 균형 잡히도록 만드는 것도 예라는 것이다. 따라서 예는 윤리적인 질서, 경제적인 질서를 유지하여 사회를 안정시키는 역할을 한다.

2.

그러므로 천자가 대로(大輅)에 돗자리를 까는 것은 몸의 욕망을 충족시키려는 것이다. 곁에 택지(澤芷) 같은 향초를 놓는 것은 코의 욕망을 충족시키려는 것이다. 앞에 가로 댄 나무에 조각을 하는 것은 눈의 욕망을 충족시키려는 것이다. 말방울 소리가 걸을 적에는 무무(武舞)와 상무(象舞)의 음악에 들어맞고, 달릴 적에는 소호(韶濩) 음악에 들어맞는 것은 귀의 욕망을 충족시키려는 것이다.

용 그린 깃발에 아홉 개의 실띠가 달려 있는 것은 임금을 믿고 받들게 하려는 것이다. 엎드린 외뿔소와 호랑이를 수레바퀴에 그리고, 교룡(蛟龍)을 말 뱃대끈에 그리고, 비단실로 수레 덮개를 짜고, 멍에 양옆 끝에 용을 그려 놓는 것은 임금의 위엄을 받들게 하려는 것이다.

그러므로 대로(大輅)의 말은 반드시 몇 배의 공을 들이고 순하게 가르친 다음에야 수레를 끌게 하는 것이니, 그것은 임금의 편안함을 받들게 하려는 것이다.

신하는 나가 죽고, 절의를 지키는 것은 삶을 보양(保養)하기 위한 것임을 잘 알아야 한다. 비용을 대고 그것을 쓰는 것은 재물을 늘이기 위한 것임을 잘 알아야 한다. 공경하고 사양하는 것은 안락함을 간직하기 위한 것임을 잘 알아야 한다. 예의와 형식은 감정을 보양하기 위한 것임을 잘 알아야 한다.

그러므로 사람이 구차히 삶만을 찾는다면, 그런 자는

반드시 죽게 될 것이다. 구차하게 이익만을 찾는다면, 그런 사람은 반드시 손해를 볼 것이다. 구차하게 게으름 피고 놀고 먹는 것을 편안하게 여기다가는, 그런 자는 반드시 위태로워질 것이다. 구차하게 감정적으로 기뻐함을 즐거움으로 삼다가는, 그런 자는 반드시 멸망할 것이다.

그러므로 사람이 예의 하나로 통일되면, 곧 두 가지를 다 얻게 되고, 감정과 성질 하나로 통일되면, 곧 두 가지를 다 잃게 될 것이다. 그러므로 유자(儒者)란 사람들로 하여금 두 가지를 다 얻게 하는 사람들이고, 묵자(墨子)란 사람들로 하여금 두 가지를 다 잃게 하는 자들인 것이다. 이것이 유가와 묵가의 분별인 것이다.

故天子大路越席, 所以養體也, 側載睪芷, 所以養鼻也, 前有錯衡, 所以養目也, 和鸞之聲, 步中武象, 趨中韶護, 所以養耳也, 龍旗九斿, 所以養信也, 寢兕持虎, 蛟韅絲末彌龍, 所以養威也.

故大路之馬, 必倍至敎順, 然後乘之, 所以養安也.

孰知夫出死要節之所以養生也, 孰知夫出費用之所以養財也, 孰知夫恭敬辭讓之所以養安也, 孰知夫禮義文理之所以養情也.

故人苟生之爲見, 若者必死, 苟利之爲見, 若者必害, 苟怠惰偸懦之爲安, 若者必危, 苟情說之爲樂, 若者必滅.

故人一之於禮義, 則兩得之矣. 一之於情性, 則兩喪之矣.

故儒者, 將使人兩得之者也, 墨者, 將使人兩喪之者也. 是儒墨之分也.

- 大路(대로) : 路는 輅(로)로도 쓰며, 천자가 타는 큰 수레.
- 養(양) : 여기서는 경우에 따라 「욕망을 충족시킨다」, 「받든다(奉)」, 「늘인다」는 등 여러 가지로 번역될 수 있다.
- 睪芷(택지) : 澤芷(택지)로도 쓰며, 향기로운 풀의 일종.
- 錯衡(착형) : 수레 앞에 가로 댄 나무에 조각을 하는 것.
- 和鸞(화란) : 和는 수레 앞턱나무, 鸞은 멍에에 달린 방울. 여기서는 「말방울」이라 번역해 두었다.
- 武象(무상) : 武는 무무(武舞), 무왕(武王)의 공적을 상징한 악무(樂舞), 象은 상무(象舞), 무왕이 문왕(文王)의 일을 본따 칭송하는 뜻에서 만들었다는 악무(樂舞).
- 趨(추) : 달리는 것.
- 韶護(소호) : 韶는 순임금의 악무. 護는 濩(호)로도 쓰며, 은(殷)나라 탕임금의 악무.
- 斿(유) : 깃발에 달린 실띠.
- 寢兕(침시) : 엎드려 있는 외뿔소. 옛날 수레 양편 바퀴에 그

렸었다.
- 持虎(지호) : 特虎(특호)로 씀이 옳으며, 옛날 수레 앞바퀴에 그렸던 호랑이 무늬.
- 蛟韅(교현) : 교룡(蛟龍)의 무늬가 그려진 말 뱃대끈.
- 絲末(사말) : 末은 帬(멱)과 동하여 수레 덮개, 絲末은 비단 실로 짜서 만든 수레 덮개.
- 彌龍(미룡) : 멍에 양끝에 용을 그려 놓은 것.
- 倍至(배지) : 몇 배 지극한 공을 들이는 것.
- 孰(숙) : 熟(숙)과 통하여, 「익히」, 「잘」.
- 出費用之(출비용지) : 남에게 돈을 쓰고 예물을 보내주고 하는 것.
- 苟(구) : 구차하게.
- 爲見(위견) : 본다, 안다, 찾는다.
- 怠惰(태타) : 게으름 피는 것.
- 偸懦(투유) : 놀고 먹는 것.
- 情說(정열) : 감정적으로 기뻐하는 것.
- 兩(양) : 예의와 성정(性情) 두 가지, 또는 예의와 욕망의 충족.

　*예절에는 형식적인 규제(規制)가 많지만 그것은 사람들의 신분과 욕망을 적절히 조절하여 모두가 만족스러운 생활을 하기 위한 것이다. 여기에선 주로 임금의 수레의 형식적인 여러 가지 규제의 의의를 설명하고, 뒤에서는 신하로서의 예절을 설명하고 있다.

예의란 형식적인 규제이지만, 그러한 규제는 사실은 더 큰 욕망의 충족을 위하여 가해지는데 불과한 것이다. 예를 들면, 남에게 돈을 쓴다는 것은 더 큰 이익을 얻으려는 목적이 있는 거나 같다. 그리고 논리를 비약시켜 예를 숭상하는 유가는 형식적인 예의와 함께 사람들의 욕구를 충족시켜 주려는 학파(學派)이고, 형식적인 예를 부정하는 묵가는 사람들의 욕구 충족은 물론 형식적인 수식조차도 얻지 못하게 하는 나쁜 학파라는 것으로 결론짓고 있다.

3.

예에는 세 가지 근본이 있으니, 하늘과 땅은 생명의 근본이요, 선조는 종족(種族)의 근본이요, 훌륭한 임금은 다스림의 근본인 것이다. 하늘과 땅이 없다면 생명이 어찌 있겠는가? 선조가 없다면 사람이 어디서 나왔겠는가? 훌륭한 임금이 없다면 어떻게 다스려지겠는가? 세 가지 중의 어느 한 편이 없어도 안락한 사람은 없을 것이다. 그러므로 예는 위로는 하늘을 섬기고, 아래로는 땅을 섬기며, 선조들을 존경하고 훌륭한 임금은 존중하여야 한다. 이것이 예의 세 가지 근본인 것이다.

그러므로 왕자는 그의 시조(始祖)를 하늘과 나란히 제

사 지내며, 제후는 그의 시조의 묘(廟)를 감히 부수지 못하며, 대부(大夫)와 사(士)들도 언제나 제사 지낼 시조가 있는 것이다. 이것은 시조를 존숭(尊崇)하는 분별이 되는 것인데, 시조를 존중하는 것은 도덕의 근본인 것이다.

하늘을 제사 지내는 교제(郊祭)는 천자만이 지내고, 땅을 제사 지내는 사제(社祭)는 제후로부터 사대부들에 이르기까지 모두 지낼 수 있다. 이것은 존귀(尊貴)한 사람은 존귀한 것을 섬기고, 낮은 사람은 낮은 것을 섬기며, 큰 사람은 커야 함이 마땅하고, 작은 사람은 작은 것이 마땅함을 구별하려는 것이다.

그러므로 천하를 지배하는 사람은 7대의 조상을 모시고, 한 나라를 지배하는 사람은 5대의 조상을 모시고, 오승(乘)의 땅을 지닌 사람은 3대의 조상을 모시고, 삼승(乘)의 땅을 지닌 사람은 2대의 조상을 모시며, 자기 손으로 벌어먹는 사람은 종묘(宗廟)를 세우지 못한다. 이것은 공적이 두터움을 구별하려는 것이니, 공적이 두터우면 후세까지 은택이 널리 미치고, 공적이 적으면 후세에 은택이 좁게 미친다는 것이다.

禮有三本, 天地者, 生之本也, 先祖者, 類之本也,

君師者, 治之本也. 無天地, 惡生? 無先祖, 惡山? 無
君師, 惡治? 三者偏亡, 焉無安人.

故禮, 上事天, 下事地, 尊先祖而隆君師. 是禮之
三本也.

故王者, 天太祖, 諸侯不敢壞, 大夫士有常宗, 所
以別貴始, 貴始得之本也.

郊止乎天子, 而社止於諸侯, 道及士大夫, 所以別
尊者事尊, 卑者事卑, 宜大者巨, 宜小者小也.

故有天下者, 事十世, 有一國者, 事五世, 有五乘
之地者, 事三世, 有三乘之地者, 事二世, 持手而食
者, 不得立宗廟. 所以別積厚, 積厚者流澤廣, 積薄
者流澤狹也.

- 類(류) : 종족(種族). 집안 사람들.
- 君師(군사) : 남의 스승이 될 만한 훌륭한 임금.
- 惡(오) : 어디서, 어찌, 어떻게.
- 偏亡(편무) : 한 부분만이라도 없다면.
- 天太祖(천태조) : 시조(始祖)를 하늘과 동격(同格)으로 높이어
  제사 지내는 것.
- 壞(괴) : 자기 시조의 종묘를 부수어 딴 곳으로 옮김을 뜻함.
- 得(득) : 德(덕)으로 되어 있음이 옳다. 「도덕」.
- 郊(교) : 하늘을 제사 지내는 것.

- 社(사) : 땅을 제사 지내는 것. 밑의 止(지)자는 至(지)로 되어
  있음이 옳으며, 천자로부터 제후에 「이르기까지」의 뜻.
- 道(도) : 통용(通用)의 뜻.
- 十世(십세) : 十은 七로 됨이 옳으며(穀梁傳, 大戴禮, 史記가
  모두 七로 되어 있음) 7대의 조상.
- 乘(승) : 수레의 수. 옛날엔 십리 사방에 전차(戰車) 한 대를
  냈음으로, 五乘의 땅이란 50리 사방의 땅으로써 대부들의
  채읍(采邑)을 가리킴.
- 積厚(적후) : 積은 績(적)과 통하여 「공적이 두터운 것」.
- 流澤(유택) : 은택(恩澤)이 후세까지 흐르는 것.

* 예에는 하늘과 땅, 선조, 훌륭한 임금이란 세 가지 근본이
있다. 이 세 가지를 바탕으로 한 인간 관계의 서열을 통하여 질
서가 이루어진다. 이러한 인간의 구별이나 서열은 그 자신의
행동이 바탕이 된 것이므로, 이것은 극히 자연스러운 것이라는
것이다.

4.

  선조들을 합제(合祭:모두 함께 제사 지내는 것.)하는 대향
(大饗)에는 물을 담은 술그릇을 위에 놓고, 생선을 제기
(祭器)에 담고, 양념 안 친 국을 먼저 올리는데, 손 안 간

음식의 근본을 귀히 여기기 때문이다. 사철 지내는 종묘 제사인 향(饗)에선 물을 담은 술그릇을 위에 놓고서 술과 단술을 쓰며, 메기장과 찰기장을 먼저 올리고서 쌀과 수수로 밥을 지으며, 달마다 지내는 제사에서는 양념 안 친 국을 올리고 여러 가지 제철 음식은 배불리 먹게 하는데, 음식의 근본을 귀히 여기면서도 실용을 가까이 하려는 때문이다.

근본을 귀하게 여기는 것은 형식적인 수식이라 할 것이며, 실용을 가까이 하는 것은 합리적(合理的)인 것이라 하겠는데, 이 두 가지가 합치어 예의 형식을 이루어 옛 이상으로 귀결되는 것이다. 이것을 일컬어 크게 융성한 것이라 말하는 것이다.

그러므로 술그릇은 맹물을 담아 위에 놓는 것과, 제기는 생선을 담아 위에 놓는 것과, 제기는 양념 안 한 국을 먼저 올리는 것이, 모두 옛 이상으로서는 동일하다. 제사가 끝나면 시동(尸童)은 술을 맛보지 않는 것과, 졸곡(卒哭) 제사에서는 시동(尸童)은 제기의 음식을 맛보지 않는 것과, 세 번 밥을 먹은 뒤 시동(尸童)은 더 이상 먹지 않는 것은 예식이 끝나면 소박함으로 돌아간다는 데 있어서 한 가지이다.

결혼할 때 초례(醮禮)를 아직 치루지 않고 있을 때와 종묘(宗廟)에 아직 시동(尸童)이 들어오기 전과, 사람이 죽었을 때 아직 염(斂)을 안했을 때는 태곳적과 같다는 점에서 한 가지이다. 대로(人輅)에는 흰 비단의 덮개를 다는 것과, 하늘에 교제(郊祭)를 지낼 적에는 삼베 관을 쓰는 것과, 상복에는 먼저 밑으로 늘어뜨린 삼 띠(麻帶)를 매는 것은, 소박하다는 점에서 한 가지이다. 삼년상(三年喪)에 있어서 곡을 할 적에는 곡절을 넣지 않는 것과, 종묘에서 노래할 적에는 한 사람이 노래하면 세 사람만이 화하는 것과, 제악(祭樂)에선 한 개의 종을 달아놓고 두드리고 치고 하는 악기를 숭상하며, 금슬(琴瑟)의 줄은 붉은 비단실을 꼬아 만들어 소리가 트이면서도 둔하게 만드는 것은, 검소하다는 점에서 한 가지인 것이다.

大饗尙玄尊, 俎生魚, 先大羹, 貴食飮之本也. 饗尙玄尊而用酒醴, 先黍稷而飯稻粱, 祭齊大羹而飽庶羞, 貴本而親用也. 貴本之謂文, 親用之謂理, 兩者合而成文, 以歸太一. 夫是之謂大隆.

故尊之尙玄酒也, 俎之尙生魚也, 俎之先大羹也, 一也. 利爵不醮也, 成事之俎不嘗也, 三臭之不食也,

一也.

大昏之未發齊也, 太廟之未入尸也, 始卒之未小斂
也, 一也. 大路之素未集也, 郊之麻絻也, 喪服之先
散麻也, 一也. 三年之喪, 哭之不文也, 清廟之歌, 一
倡而三歎也, 縣一鍾, 尙拊之膈, 朱絃而通越也, 一
也.

- 大饗(대향) : 선조를 합제(合祭)하는 것.
- 尙(상) : 上과 통하여, 위에 놓는 것.
- 玄(현) : 玄酒(현주). 맹물.
- 尊(준) : 樽(준)과 통하여「술그릇」.
- 俎(조) : 제기(祭器). 제사 지낼 때 고기 같은 것을 담는 그릇.
- 大羹(대갱) : 양념을 치지 않은 고깃국.
- 饗(향) : 사철 따라 종묘에 지내는 제사.
- 醴(례) : 단술.
- 黍(서) : 메기장.
- 稷(직) : 차기장.
- 稻(도) : 벼, 여기서는 쌀.
- 粱(량) : 수수, 기장.
- 祭(제) : 달마다 지내는 제사.
- 齊(제) : 躋(제)와 통하여, 제상에 제물을 올리는 것.
- 庶羞(서수) : 여러 가지 제철 음식.
- 文(문) : 수식. 형식적인 수식.

- 成文(성문) : 예의 형식을 이루는 것.

- 太一(태일) : 옛날의 이상적인 시대.

- 隆(융) : 융성(隆盛)의 뜻.

- 一也(일야) : 옛날 이상적인 시대처럼 음식의 근본을 존중한다는 점에서 같은 뜻을 지닌 예라는 뜻이다.

- 利爵不醮(이작불초) : 利는 제사 지낼 때 음식 시중 드는 사람. 제사가 끝날 때 利가 제관(祭官)인 祝(축)에게 술잔을 건네주면, 그는 술잔을 올리지만 시동(尸童)은 맛도 보지 않는다. 이것은 제사가 끝났음을 뜻한다. 시동(尸童)은 제사를 받는 신(神)의 대신 역할을 하는 사람. 아이들이 이 역할을 맡아 시동(尸童)이라 불렀다.

- 成事(성사) : 졸곡(卒哭) 제사. 졸곡은 곡을 끝낸다는 뜻으로, 초상난 지 보통 사람은 석 달, 대부(大夫)는 다섯 달, 제후는 일곱 달만에 졸곡을 한다.

- 三臭(삼취) : 제사 지낼 때 시동(尸童)은 밥을 세 번 먹고는 더 이상 먹지 않는다. 臭는 냄새를 맡는 것인데, 신은 밥의 기운만 먹는다는 뜻에서 臭라 한 것이다.

- 大昏(대혼) : 결혼식.

- 未發齊(미발제) : 초례(醮禮)를 아직 치루지 않은 것, 齊는 초례, 곧 결혼 의식의 뜻.

- 始卒(시졸) : 처음 사람이 죽은 것.

- 斂(렴) : 죽은 이의 몸을 씻은 뒤에 시의(尸衣)를 입히는 것.

- 素未集(소미집) : 未는 末의 잘못, 末(말)은 轛(멱)과 통하여 수레 뚜껑. 集은 幬(주)와 통하여 수레 휘장. 素未集은 흰 비단

으로 만든 수레 뚜껑과 휘장(荀子集解).

• 郊(교) : 하늘에 지내는 제사.

• 麻絻(마문) : 상복처럼 삼실을 꼬아 만든 관.

• 散麻(산마) : 상복의 삼베 띠를 흩뜨려 늘어뜨리는 것. 옛날
  상례(喪禮)에선 염을 마친 뒤 상주(喪主)는 「산마」를 하였으
  며, 정식으로 상복을 입게 되면 삼베 띠를 제대로 맸다.

• 不文(불문) : 곡절(曲折)이 없는 것, 곡을 함에 「굽이굽이 넘어
  가게 하지는 않는 것」.

• 清廟(청묘) : 「종묘」는 청결하다는 뜻에서 그렇게도 부른다.
  혹은 「문왕을 기린 악장」의 뜻도 된다. 따라서 청묘서 「清廟
  之歌」는 「종묘에서 노래할 때」, 또는 「청묘의 노래를 부를
  때」의 두 가지로 해석할 수 있다.

• 一倡而三歎(일창이삼탄) : 한 사람이 노래하면 세 사람이 따
  라 탄식한다(곧 화한다는 뜻).

• 縣(현) : 懸(현)과 통하여 「타악기를 치는 것」.

• 柎(부) : 타악기(打樂器)를 두드리는 것.

• 膈(격) : 擊(격)과 통하여, 타악기를 치는 것.

• 朱絃(주현) : 슬(瑟)에 붉은 비단실로 끈 줄을 매는 것.

• 通越(통월) : 소리가 트이고도 둔한 것.

* 여기서는 실제적인 예를 들어가면서 「예」의 근본적인 문
제들을 설명하고 있다. 「예」에는 사람의 감정을 넘어선 인위적
(人爲的)인 수식성(修飾性)이 있는 반면, 사람들의 감정에 맞는

합리적(合理的)인 면도 있다. 순자는 앞의 것을 「근본을 귀중히 여기는 것」이라 하고, 뒤의 경우를 「실용에 가까이 하는 것」이라 구별하여 대조시키면서 설명하고 있는 것이다. 그런데 훌륭한 「예」란, 이와 같은 인위적인 수식성과 합리성이 모두 어울리어 있어야만 된다고 하였다. 곧 어떤 「예」라 하더라도 「예」의 근본을 소홀히 하여도 안되지만, 또 실용성과 거리가 멀어도 안된다는 것이다. 그래서 많은 실용적인 예를 들어가면서 그것이 「예」의 근본과 어떤 관계에 있는가를 설명한 것이다.

5.

모든 예는 소탈함에서 시작하여 형식적인 수식(修飾)에서 완성되며 쾌락에서 끝을 맺는다. 그러므로 지극히 잘 갖추어진 예는 감정과 형식을 모두 다하고 있으며, 그 다음의 예는 감정이나 형식 어느 한편에 치우쳐 있으며, 가장 하급(下級)의 것은 감정면으로만 치우쳐 있으나 옛날의 소박함으로 귀결(歸結)된다.

하늘과 땅은 예로써 합치되고, 해와 달도 예로써 밝으며, 사철도 예로써 차례를 이루며, 별의 운행도 예로써 행하여지며 강물도 예로써 흐르며, 만물은 예로써 번창하고, 좋고 나쁜 것도 예로써 조절되며, 기쁨과 노여움도 예로써 합당하게 된다. 아래 자리에 있으면 순종을 하고, 윗자리에 있으면 밝게 다스리어 만물이 변화를 해도 어지러워지지 않는다. 예를 어기면, 곧 망하게 된다. 예야말로 어찌 지극한 것이 아니겠는가!

융성한 예를 세워서 법도로 삼는다면, 천하에선 아무도 그것을 더하거나 덜지 못한다. 근본과 종말(終末)이 순리(順理)하며, 처음과 끝이 서로 호응하여 지극한 형식적인 수식으로써 분별을 하고 지극한 관찰을 통하여 판단을 하는 게 예이다. 천하에 이를 따르는 사람은 다스려지고, 이를 따르지 않는 자는 혼란에 빠질 것이며, 이를 따르는 사람은 안락해지고, 따르지 않는 자는 위태로워질 것이며, 이를 따르는 사람은 생존하고, 이를 따르지 않는 자는 망할 것이다. 소인들로서는 헤아릴 수도 없는 일일 것이다.

凡禮始乎梲, 成乎文, 終乎悅校. 故至備, 情文俱盡, 其次, 情文代勝, 其下, 復情以歸大一也.

天地以合, 日月以明, 四時以序, 星辰以行, 江河以流, 萬物以昌, 好惡以節, 喜怒以當. 以爲下則順, 以爲上則明, 萬變變而不亂. 貳之則喪也, 禮豈不至

矣哉!

立隆以爲極, 而天下莫之能損益也. 本末相順, 終
始相應, 至文以有別, 至察以有說, 天下從之者治,
不從者亂, 從之者安, 不從者危, 從之者存, 不從者
亡. 小人不能測也.

- 梲(탈) : 사기(史記)에 脫(탈)로 되어 있으며 「소탈함」의 뜻.
- 悅(열) : 기쁜 것.
- 校(교) : 恔(효)로 씀이 옳으며(郝懿行說 荀子集解), 「유쾌」,
「쾌락」의 뜻.
- 代勝(대승) : 이 편이 더 했다 저 편이 더 했다 하는 것.
- 大一(태일) : 옛적의 꾸밈없이 소박하던 것.
- 貳之(이지) : 예에 위배되는 것.
- 喪(상) : 멸망의 뜻.
- 隆(융) : 융성(隆盛)함. 잘 갖추어진 예를 뜻함.
- 極(극) : 법도, 규범.
- 說(설) : 옳고 그름을 분간하여 논설하는 것.

*예란, 소박한 사람의 감정에서부터 시작하여 극도로 발달
한 형식적인 수식에까지 미치고 있다. 따라서 예란 바로 사람
의 행동이나 사회적인 질서의 규범이 될 뿐만 아니라, 하늘과
땅의 변화나 해와 달의 운행, 만물의 성장 등 자연 질서와도 부

합되는 것이다. 그러므로 예는 다스림의 근본이 된다. 예를 따
르면 흥하고, 어기면 망한다는 것은 바로 자연의 섭리인 것이
다. 군자가 아닌 소인들은 이런 원리를 알기조차도 어려울 것
이라는 것이다.

6.

예의 원리는 정말로 깊은 것이어서 「굳은 것과 흰 것」,
또는 「같기도 하고 다른 것」 같은 궤변은 들어가면 빠져
죽어버린다. 그 원리는 정말로 큰 것이어서 멋대로 만든
법이나 제도와 편벽된 학설이 들어가면 망해 버린다. 그
원리는 정말로 높은 것이어서 난폭하고 방종하며, 일반
습속(習俗)을 가벼이 여기며, 고상한 체하는 무리들이 들
어가면 추락(墜落)해 버리고 만다.

그러므로 먹줄을 잘 치면 굽고 곧은 것을 속일 수가 없
고, 저울을 잘 달면 가볍고 무거운 것을 속일 수가 없고,
굽은 자와 둥근 자를 잘 대면 모나고 둥근 것을 속일 수
가 없듯이, 군자가 예를 잘 알면 거짓으로써 속일 수가
없게 되는 것이다.

그러므로 먹줄이란 곧음의 표준이고, 저울은 공평함
의 표준이며, 굽은 자와 둥근 자는 모꼴과 동그라미의 표

준이듯이, 예란 사람들의 올바른 도(道)의 극점(極點)인 것이다. 그러니 예를 규범으로 삼지 아니하고, 예를 잘 지키지 않으면 이것을 일컬어 법도 없는 백성이라 말하고, 예를 규범 삼고 예를 잘 지키면 이것을 일컬어 법도 있는 선비라고 말한다.

예에 들어맞게 사색(思索)할 줄 알면, 이것을 일컬어 「생각할 줄 안다.」고 말하고, 예에 들어맞게 지조(志操)가 바뀌이지 않으면, 이것을 일컬어 「절조가 굳다.」고 말한다. 「생각할 줄 알고」, 「절조를 굳게 지킬 줄 알며」 더욱 예를 좋아하는 사람이라면, 이것이 바로 「성인(聖人)」인 것이다.

그러므로 하늘이란 높음의 극치(極致)이고, 땅은 낮음의 극치이며, 끝없는 것은 넓음의 극치이듯이, 성인이란 올바른 도(道)의 극치인 것이다. 그러므로 배우는 사람이란, 본시부터 성인이 되는 길을 배우려는 것이지, 법도 없는 백성 되기를 배우려는 것은 더욱 아니다.

禮之理, 誠深矣. 堅白同異之察入焉, 而溺. 其理誠大矣, 擅作典制, 辟陋之說入焉, 而喪. 其理誠高矣, 暴慢恣睢, 輕俗以爲高之屬入焉, 而隊.

故繩墨誠陳矣, 則不可欺以曲直, 衡誠縣矣, 則不可欺以輕重, 規矩誠設矣, 則不可欺以方圓, 君子審於禮, 則不可欺以詐僞.

故繩者直之至, 衡者平之至, 規矩者方圓之至, 禮者人道之極也. 然而不法禮不足禮, 謂之無方之民, 法禮足禮, 謂之有方之士.

禮之中焉, 能思索, 謂之能慮, 禮之中焉, 能勿易, 謂之能固. 能慮能固, 加好者焉, 斯聖人矣.

故天者高之極也, 地者下之極也, 無窮者廣之極也, 聖人者道之極也. 故學者, 固學爲聖人也, 非特學爲無方之民也.

- 堅白(견백) : 전국시대 조(趙)나라의 공손룡(公孫龍)이 남긴 궤변 가운데「굳은 돌은 돌이 아니며, 흰 말은 말이 아니다.」(堅石非石, 白馬非馬)라는 말이 있다(莊子 齊物論 및 그 注). 公孫龍은 묵가로부터 나왔다는 궤변가이다.
- 同異(동이) : 장자(莊子) 천하(天下)편에「크게는 같은 것 같으면서도 작게는 같은 것이 다른 데, 이것을 일컬어 소동이(小同異)라 하고, 만물은 모두 같으면서도 모두 다른 데, 이것을 일컬어 대동이(大同異)라 한다.」(大同而與小同異, 此之謂小同異, 萬物畢同畢異, 此之謂大同異.)는 말이 있다. 성현영(成玄英)의 소(疏)에 의하면,「분별할 의욕 없이 같고 다른 것을

보는게 소동이(小同異)이고, 죽고 삶·추위·더위·자연 변화에 대한 적응·체질 등의 같고 다른 것을 대동이(大同異)라 한다.」하였다. 어떻든 이것도 궤변에 속한다고 보고 순자는 공격하고 있는 것이다. 앞의 수신편(修身篇)에서도「저견백(堅白), 동이(同異), 두터움이 있고 없다는 관찰은, 관찰이 아닌 것은 아니지만 그러나 군자들이 분별하지 않는 것은 소용 없는 것이기 때문이다.」(이 책에선 생략) 또 정명편(正名篇)에서는「흰 말은 말이 아니라는 것은 명사(名詞)의 사용에 미혹되어 사실에 혼란을 일으킨 것이라.」하였고, 비십이자편(非十二子篇)에도 같은 뜻의 논설이 있다.

- 溺(익) : 물에 빠지는 것. 익사(溺死).
- 擅(천) : 멋대로, 마음대로.
- 辟陋之說(벽루지설) : 편벽되고 고루한 논설.
- 暴慢(폭만) : 멋대로 난폭하게 구는 것.
- 恣睢(자휴) : 방자하게 행동하는 것.
- 隊(추) : 옛 墜(추)자. 추락. 떨어지는 것.
- 繩墨(승묵) : 목수들이 나무를 바르게 자르고 깎는 기준으로 삼는 데 쓰는「먹줄」.
- 衡(형) : 저울.
- 縣(현) : 懸(현)과 통하여「다는 것」.
- 規矩(규구) : 規는 둥근 자. 동그라미를 그리는 데 쓰는 옛날의 컴퍼스. 矩는 굽은 자, 90도 직각을 가늠하는 데 쓰는 자.
- 審(심) : 자세히 알다.
- 詐僞(사위) : 사기, 거짓.

- 無方(무방) : 법도가 없는 것.
- 勿易(물역) : 지조(志操)를 바꾸지 않는 것.
- 加好者(가호자) : 加好之者로 씀이 옳으며 「더욱 예를 좋아하는 사람」의 뜻(荀子集解).
- 斯(사) : 이 사람, 이러면.

* 예는 올바른세상의 규범이다. 그러기에 쓸데 없는 궤변이나 멋대로 만든 법칙이나 포악한 행동이 받아들여지지 않는다. 예는 올바른 일, 올바른 길만이 용납되는 것이다. 따라서 예에 알맞게 생각하고, 예에 알맞게 행동하여 예를 좋아하는 사람이 바로 성인이라는 것이다. 학자라면 이 예를 지키고 예를 좋아하는 성인을 본받고 배워야 한다.

여기에선 예의 주장 이외에도 이단(異端)적인 학설에 대한 공격을 겸하고 있는 게 특징이다.

7.

예라는 것은 재물로써 활용(活用)을 하고, 귀하고 천함으로써 형식적인 수식을 정하여, 많고 적은 형식으로써 신분을 구분하여, 등급을 융성히 하고 낮추고 함으로써 요점을 삼는다. 형식적인 수식은 많고 인정(人情)과 실용면은 간략한 것이 예의 등급을 융성히 하는 것이고, 형식적인 수식은 간략하고 인정과 실용면은 번다(繁多)하게 하는 것이 예의 등급을 낮추는 것이다. 형식적인 수식과 인정과 실용면이 서로 안팎을 이루어, 겉과 속이 나란히 행하여지며 섞여 있는 것, 이것이 예의 알맞은 길인 것이다.

그러므로 군자는 위로는 예의 융성함을 다하고, 아래로는 예의 등급을 낮추는 것도 다하여, 그 가운데 알맞게 처신하여 걷거나 달리거나 뛰거나 여기에서 벗어나지 않는다. 이것이 군자가 높이는 바인 것이다. 사람에게 이것이 있다면 사군자(士君子)이며, 이것에서 벗어난다면 무지한 백성인 것이다. 여기에서 예에 알맞게 왔다 갔다 두루 다니는 것이 빠짐없이 모두 그 질서에 들어맞는다면, 이것이 성인인 것이다.

그러므로 성인이 독실(篤實)한 것은 예가 쌓여 있기 때문이며, 큰 것은 예가 넓기 때문이며, 높은 것은 예가 융성하기 때문이며, 밝은 것은 예를 다하였기 때문인 것이다.

시경에 말하기를,

「예절이 모두 법도에 맞으니

웃고 얘기하는 것도 모두 어울리네.」

라 한 것도, 이를 두고 말한 것이다.

禮者, 以財物爲用, 以貴賤爲文, 以多少爲異, 以
隆殺爲要. 文理繁, 情用省, 是禮之隆也, 文理省, 情
用繁, 是禮之殺也. 文理情用, 相爲內外, 表裏竝行
而襍, 是禮之中流也.

故君子, 上致其隆, 下盡其殺, 而中處其中, 步驟
馳騁厲騖, 不外是矣. 是君子之擅宇宮廷也. 人有是,
士君子也, 外是, 民也. 於是其中焉, 方皇周挾, 曲得
其次序, 是聖人也.

故厚者, 禮之積也, 大者, 禮之廣也, 高者, 禮之隆
也, 明者, 禮之盡也.

詩曰, 禮儀卒度, 笑語卒獲, 此之謂也.

- 用(용) : 활용. 재물로 선물이나 폐백(幣帛) 같은 것을 삼고,
  또 형식을 수식한다.
- 爲文(위문) : 형식적인 문식(文飾)을 결정하는 것.
- 多小(다소) : 형식적인 수식의 많음과 적음.
- 異(이) : 신분에 따라 다르게 하다.
- 隆殺(융쇄) : 隆은 예의 등급을 높이는 것, 殺는 등급을 낮추
  는 것.

- 襍(잡) : 雜(잡)과 같은 자. 섞이는 것.
- 中流(중류) : 중도(中道). 가장 알맞는 길(荀子集解).
- 步驟(보취) : 걷는 것.
- 馳騁(치빙) : 달리는 것.
- 厲騖(려무) : 빨리 뛰는 것.
- 壇宇(단우) : 壇은 흙을 쌓아 높게 만든 것. 宇는 지붕 추녀. 모두 높다는 데서 「높히 받드는 것」의 뜻으로 쓰였음.
- 宮廷(궁정) : 여기서는 궁정은 임금이 있다는 데서 「높히는 것」의 뜻으로 쓰였음.
- 方皇(방황) : 仿偟(방황)으로도 쓰며 왔다 갔다 하는 것.
- 周挾(주협) : 두루 빠짐없이.
- 曲(곡) : 구석구석.
- 詩曰(시왈) : 시경 소아(小雅) 초자(楚茨)편에 보이는 구절임.
- 卒(졸) : 모두.
- 度(도) : 법도에 맞는 것.

*예에는 번거로운 제도와 수식이 많다. 그러니 자칫하면 감정이나 실용에 끌리어 예의 형식을 소홀히 하거나, 반대로 번거로운 형식 때문에 감정이나 실제를 등한히 하기 쉽다. 이 형식과 감정 또는 실용을 잘 어울리게 지키는 것이 올바른 예가 된다. 이런 것을 어느 정도 균형 있게 잘 지키면 군자가 되고, 어디서 무엇을 하거나 언제나 적절하면 바로 성인이 된다. 따라서 사람은 두텁고, 크고, 넓고, 높고, 밝은 성인의 풍도를 배

우기 위하여 예를 올바로 지켜야 한다는 것이다.

이 단에서의 「형식적인 수식(文理)」인 「인정과 실용(情用)」의 대조는, 앞 4단에서의 「근본을 귀히 여기는 것(貴本)」과 「실용을 가까이하는 것」의 대조와 호응이 된다.

8.

예라는 것은 삶과 죽음을 다스리는 일을 삼가는 것이다. 삶은 사람의 시작이요, 죽음은 사람의 마지막이다. 마지막과 시작이 모두 훌륭하면 사람의 도리는 다한 것이 된다. 그러므로 군자는 시작을 공경하고 마지막을 삼가해서 마지막과 시작이 한결 같도록 한다. 이것이 군자의 도(道)이며 예의의 형식(文)인 것이다.

그의 삶은 후대(厚待)하면서도 죽음은 박대(薄待)하는 것은, 그 지각(知覺)이 있는 것만을 공경하고 지각이 없는 것은 소홀히 하는 것이다. 이것은 간사한 사람의 방법이며 사리에 어긋나는 마음씨인 것이다. 군자는 사리에 어긋나는 마음씨로 하인과 아이들을 대하는 것조차도 이를 부끄러워 하거늘, 하물며 그 마음씨로 그가 존경하는 어버이를 섬김에 있어서랴!

본시 죽음을 치루는 길은 한 번뿐이며 두 번 다시 되풀

이될 수는 없는 것이다. 신하가 그의 임금에게 소중한 섬김을 다하는 근거나, 자식이 그의 어버이에게 소중한 섬김을 다하는 근거나 여기에 다 있는 것이다. 그러므로 살아 있을 때 섬김에 충후하지 못하고 공경하는 형식이 없는 것을 야(野)하다고 말하고, 죽었을 때 장사 지냄에 충후하지 못하고 공경스런 형식이 없는 것을 박(薄)하다고 말한다. 군자는 야한 것을 천하게 여기고 박한 것을 부끄러워한다.

禮者, 謹於治生死者也. 生, 人之始也, 死, 人之終也. 終始俱善, 人道畢矣. 故君子, 敬始而愼終, 終始如一, 是君子之道, 禮義之文也.

夫厚其生而薄其死, 是敬其有知, 而慢其無知也, 是姦人之道, 而倍叛之心也. 君子以倍叛之心, 接臧穀, 猶且羞之, 而況以事其所隆親乎!

故死之爲道也, 一而不可得再復也. 臣之所以致重其君, 子之所以致重其親, 於是盡矣. 故事生不忠厚, 不敬文, 謂之野, 送死不忠厚, 不敬文, 謂之瘠. 君子賤野而羞瘠.

- 慢(만) : 소홀히 하는 것.
- 倍叛(배반) : 올바른 이치에 어긋나는 것.
- 臧穀(장곡) : 臧은 하인(남자), 穀은 어린아이(楊倞注).
- 致重(치중) : 중히 섬김을 다하는 것.
- 敬文(경문) : 공경스런 태도와 예에 맞게 수식된 겉모양.
- 瘠(척) : 박(薄)한 것(楊倞注).

＊실용적인 면에서 예의 해설을 시작한다. 예라면 흔히 산 사람의 문제만을 생각하기 쉽지만, 죽음에 대한 예도 그에 못지 않게 중요하다. 따라서 군자로서는 단 한 번밖에 없고, 인생의 마지막인 죽음에 대하여 극진한 예를 다하게 된다는 것이다.

9.

그러므로 천자의 관과 덧관(外棺)은 열 겹이요, 제후의 것은 다섯 겹이요, 대부들의 것은 세 겹이요, 사(士)의 것은 두 겹이다. 그리고도 시의(屍衣)와 제물(祭物)에는 많고, 적고, 후하고, 박한 규칙이 모두에게 있으며, 관의 장식과 무늬에는 등급이 모두에게 있어 공경히 장식함으로써 삶과 죽음의 처음과 마지막으로 하여금 한결 같게 하는 것인데, 한결 같음은 충분히 사람들의 소원을 이루어 줄 수 있는 것이다. 이것이 옛 임금님의 도(道)이며 충신과 효자들의 법도인 것이다.

천자의 상(喪)은 온 세상을 움직이며 제후들이 모여 조문(弔問)하고, 제후의 상은 여러 나라들을 움직이며 대부(大夫)들이 모여 주문하고, 대부의 상은 한 나라를 움직이며 훌륭한 사(士)들이 모여 조문하고, 훌륭한 사의 상은 한 고을을 움직이며 친구들이 모여 조문하고, 서민들의 상은 일가들과 마을 사람들이 모이며 여러 마을 사람들이 모여 조문한다.

형벌을 받은 죄인의 상은 일가들이나 마을 사람들이 모일 수 없으며, 다만 그의 처자만이 모여 조문한다. 그의 관과 덧관은 세 치 두께이며, 시의(屍衣)와 이불은 세 벌이다. 관은 장식할 수 없고 낮에 장사 지낼 수도 없다. 저녁에야 길 가다 죽은 사람처럼 평복(平服)을 입은 채로 가서 묻어 준다. 돌아와서도 곡하고 우는 예절이 없으며, 삼베로 된 상복도 없고, 친하고 먼 관계에 따른 복상(服喪)하는 달 수의 등급도 없다. 각기 모두 그의 평상상태(平常狀態)로 돌아가고, 각기 모두 그의 처음 상태로 되돌아가서 장사 지낸 다음에는 초상을 치루지 않았던 것처럼 될 따름인 것이다. 이러한 것을 두고 지극한 욕됨이라 말한다.

故天子棺槨十重, 諸侯五重, 大夫三重, 士再重.
然後皆有衣衾多少厚薄之數, 皆有翣菨文章之等, 以
敬飾之, 使生死終始若一, 一足以爲人願. 是先王之
道, 忠臣孝子之極也. 天子之喪, 動四海, 屬諸侯, 諸
侯之喪, 動通國, 屬大夫, 大夫之喪, 動一國, 屬脩
士, 脩士之喪, 動一鄉, 屬朋友, 庶人之喪, 合族黨,
動州里.

刑餘罪人之喪, 不得合族黨, 獨屬妻子, 棺槨三寸,
衣衾三領, 不得飾棺, 不得晝行, 以昏殣, 凡緣而往
埋之, 反無哭泣之節, 無衰麻之服, 無親疏月數之等.
各反其平, 各復其始, 已葬埋若無喪者而止. 夫是之
謂至辱.

- 槨(곽) : 덧관(棺).
- 十重(십중) : 열 겹. 예기(禮記) 단궁(檀弓)편에 「천자의 관은
네 겹(四重)」이라 하였고, 정현(鄭玄)의 주에는 「제공(諸公)은
세 겹, 제후는 두 겹, 대부는 한 겹, 사(士)는 홑겹」을 쓴다 하
였다. 그 밖의 기록을 보아도 모두 순자의 기록 수와는 맞지
않아, 어떤 학자들은 10은 7을 잘못 쓴 것이라 하고, 어떤 학
자는 5(옛 5자는 ×로도 썼다)를 잘못 쓴 것이라 주장하기도
한다.
- 衣衾(의금) : 본시는 「옷과 이불」, 그러나 衾은 食(식)자의 잘

못이어서(王念孫說, 荀子集解), 여기서는 「시의(屍衣)와 죽은 이에게 제사 지낼 때 올리는 음식」을 뜻한다.

- 翣菨(삽접) : 蔞翣(루삽)으로 씀이 옳으며, 관의 장식.
- 屬(속) : 모이는 것. 모여서 조문하는 것. 회장(會葬)의 뜻.
- 通國(통국) : 죽은 제후의 나라와 우호관계를 맺고 있던 여러 나라들.
- 脩士(수사) : 덕을 닦은 훌륭한 사(士).
- 族黨(족당) : 일가들과 마을 사람들.
- 刑餘罪人(형여죄인) : 형벌을 받은 죄인.
- 衣衾(의금) : 송장에 입히는 시의(尸衣)와 관 속에 넣은 이불.
- 三領(삼령) : 세 벌.
- 晝行(주행) : 낮에 상여(喪輿)를 내는 것.
- 殣(근) : 길 가다 죽은 주인 없는 송장. 昏殣(혼근)은 저녁에 길 가다 죽은 사람을 장사 지내듯 한다는 뜻.
- 凡緣(범연) : 그의 처자들이 「평상시 대로 옷을 입는다.」는 뜻(楊倞注).
- 衰麻(최마) : 삼베로 만든 상복.
- 親疏月數(친소월수) : 죽은 이와의 친하고 먼 관계에 따라 복상(服喪)하는 달 수.
- 平(평) : 평상(平常).

*여기서부터는 그 시대의 상제(喪制)를 설명하고 있다. 천자로부터 일반 백성들에 이르는 여러 가지 신분의 차이에 따라

예의 형식에도 여러 가지 등급이 있음을 설명한다. 끝으로 처형당한 죄인은 제대로 예도 갖추지 못한, 장사 지냄을 자세히 설명하고 있음은, 올바로 살지 못한 사람은 마지막까지도 그토록 욕됨을 강조하기 위한 것일 것이다.

10.

예란, 길한 일 흉한 일을 삼가서 서로 뒤섞이지 않게 해야 되는 것이다. 새 솜을 코에 대고 숨이 끊겼나 안 끊겼나를 확인할 적에는 충신이나 효자라면 그분이 앓고 계시다고만 알고 있어야 하며, 어떻든 빈소(殯所) 마련이나 염(殮)할 물건들을 아직 구해서는 안된다. 눈물을 흘리며 두려운 마음을 지니고, 그러나 다행히도 살아나실지도 모른다는 마음을 버리지 말고, 살아 계실 적의 일들을 중단해서는 안된다. 돌아가신 뒤에야 필요한 것을 만들고 갖추고 하는 것이다.

그러므로 비록 풍부한 집안이라 하더라도 반드시 하루를 넘긴 다음에야 빈소(殯所)를 만들 수 있으며, 사흘을 넘긴 뒤에야 상복(喪服)을 처음으로 입으며, 그러한 뒤에야 멀리 부고(訃告)할 사람을 내보내고 갖출 물건들을 만드는 것이다. 그러므로 빈소는 길어도 70일을 넘겨 두지 못하며, 빨라도 50일도 못되어서는 안된다. 그것은 왜 그런가? 먼 곳의 사람이 올 수 있을 것이며, 여러 가지 필요한 것들을 구할 수 있을 것이며, 여러 가지 일들을 다 이룩할 수가 있기 때문이다. 그러한 충성은 지극한 것이며, 그러한 예절은 위대한 것이며, 그러한 형식은 다 갖추어야 하는 것이다.

그런 뒤에 월초(月初)에 장사 날을 점쳐 정하고 월말(月末)엔 장지(葬地)를 점쳐 정하며, 그 뒤에야 장사를 치루는 것이다. 이런 때에 도리(道理)상으로 며칠 있어야겠다면, 누가 그대로 장사를 지낼 수 있겠으며, 도리상으로 당장 지내야겠다면 누가 그것을 막을 수가 있겠는가? 그러므로 석 달 만에 장사 지내는데, 그 모습은 살았을 적의 물건들로 죽은 이를 꾸미는데, 그것은 죽은 이를 그대로 남겨 둠으로써 삶에 안락하라는 뜻은 아마 아닐 것이다. 이것은 융성한 의식을 다함으로써 죽은 이를 사모한다는 뜻인 것이다.

禮者, 謹於吉凶, 不相厭者也. 紸纊聽息之時, 則
夫忠臣孝子, 亦知其閔已, 然而殯殮之具, 未有求也.
垂涕恐懼, 然而幸生之心未已, 持生之事未輟也. 卒

矣, 然後作具之.

故雖備家, 必踰日然後能殯, 三日而成服, 然後告遠者出矣, 備物者作矣. 故殯久不過七十日, 速不損五十日. 是何也? 曰遠者可以至矣, 百求可以得矣, 百事可以成矣. 其忠至矣, 其節大矣, 其文備矣.

然後月朝卜日, 月夕卜宅, 然後葬也. 當是時也, 其義止, 誰得行之, 其義行, 誰得止之? 故三月之葬, 其貌以生設飾死者也, 殆非直留死者以安生也. 是致隆思慕之義也.

- 相厭(상압) : 서로 가리며 침범하는 것(楊倞注).
- 紸纊(주광) : 사람이 죽은 뒤 고운 새 솜을 죽은 이의 코에 대고 숨이 완전히 끊어졌음을 확인하는 의식(儀式).
- 閔(민) : 병(病). 앓고 있는 것.
- 殯(빈) : 죽은 이의 시체를 간수하여 장사 지낼 때까지 빈소(殯所)에 안치하는 것.
- 殮(염) : 염에는 소렴(小殮)과 대렴(大殮)이 있다. 소렴은 시의(屍衣)를 입히는 것, 대렴은 관에 시체를 안치하는 것.
- 垂涕(수체) : 눈물을 흘리는 것.
- 恐懼(공구) : 두려워하는 것.
- 輟(철) : 중지, 중단. 그만두는 것.
- 備家(비가) : 풍부한 집안. 모든 물건이 다 있는 집안.

- 踰日(유일) : 하루를 넘는 것, 곧 사흘째 되는 날.
- 成服(성복) : 초상난 뒤 처음으로 상복을 입는 것.
- 不損(불손) : 부족해서는 안된다, 덜 차서는 안된다.
- 節(절) : 예절. 자식으로서의 마땅히 할 일.
- 文(문) : 의식에 쓰이는 기물이나 장식.
- 月朝(월조) : 월초(月初).
- 卜日(복일) : 점을 쳐 좋은 날을 정하는 것.
- 月夕(월석) : 월말(月末).
- 卜宅(복택) : 유택(幽宅), 곧 장지를 점쳐 정하는 것. 청(淸)대 학자 왕인지(王引之)는 장사 날을 먼저 받고 장지를 뒤에 정하지 않고, 장지를 먼저 정하고 난 뒤에 장사 날을 받았으니 「月朝卜宅, 月夕卜日」로 됨이 옳다고 주장하였다(荀子集解).
- 其義止(기의지) : 올바른 도리로 보아 며칠 있다 장사 지냄이 좋다고 판단하고, 지금 당장 지내려는 것을 제지하는 것.
- 三月之葬(삼월지장) : 시체를 빈소에 모시는 기간이 50일 내지 70일이므로 대략 석 달 만에 장사 지내게 된다.
- 貇(모) : 모습. 貇(모)와 통하는 글자.
- 殆(태) : 거의, 아마.

*여기서는 사람이 죽은 뒤 빈소(殯所)에 시체를 안치하는 동안의 예절을 설명하고 있다. 이러한 복잡한 예절은 모두 신하로서의 충성이나 자식으로서의 효도를 다하기 위한 것이다.

그리고 빈소에 안치하는 기간이 50일 내지 70일간이란 여유가 있는 것은, 여러 가지 상가(喪家)의 사정에 따라 도리에 알맞게 장사를 지낼 수 있는 신축성을 둔 것이다. 따라서 모든 예절은 대의(大義)에 비추어 보아 모두가 합당하여야만 한다는 것이다.

11.

상례의 상도(常道)는 의식의 변화에 따라 수식이 가해지고, 의식을 행할 적마다 멀어지며, 오래 가면 평상시로 되돌아오게 된다. 그러므로 주검을 다루는 도(道)는 장식을 하지 않으면 보기 싫고, 보기 싫으면 슬프지 않으며, 가까이 두면 너무 어울리게 되고, 너무 어울리면 싫증이 나게 되며, 싫증이 나면 잊어버리게 되고, 잊어버리게 되면 공경스럽지 않게 되는 것이다.

하루 아침에 그의 임금이나 어버이를 여위고서 그분을 장사 지내는 장본인이 슬퍼하지도 않고 공경스럽지도 않다면, 곧 새나 짐승만도 못하게 될 것이다. 군자는 이것을 치욕으로 안다. 그렇기 때문에 의식의 변화에 따라 수식을 가함으로써 보기 싫음을 줄이려는 것이며, 의식을 행할 적마다 멀리 감으로써 공경함을 완수하려는 것이며, 오래 가서 평상시로 되돌아감으로써 산 사람을 우대(優待)하려는 것이다.

喪禮之凡, 變而飾, 動而遠, 久而平. 故死之爲道也, 不飾則惡, 惡則不哀, 尒則翫, 翫則厭, 厭則忘, 忘則不敬.

一朝而喪其嚴親, 而所以送葬之者, 不哀不敬, 則嫌於禽獸矣. 君子恥之, 故變而飾, 所以滅惡也, 動而遠, 所以遂敬也, 久而平, 所以優生也.

- 凡(범) : 상도(常道). 보통 현상.
- 變而飾(변이식) : 빈소를 차리고 소렴(小殮), 대렴(大殮)을 하는 등 장사를 지내게 될 때까지의 모든 의식이 바뀌어 갈수록 더욱 형식적인 수식이 가해짐을 뜻한다.
- 動而遠(동이원) : 소렴은 방안에서 하고, 대렴은 동쪽 섬돌 위에서 하고, 빈소는 객청에 차리고, 길제사는 마당에서 지내고, 장사는 먼 산에 지낸다. 이처럼 의식을 행하는 순서에 따라 자꾸만 멀어짐을 뜻한다.
- 尒(이) : 邇(이)와 통하여 「가깝다」는 뜻.
- 翫(완) : 어울리는 것, 장난하고 노는 것.
- 厭(염) : 싫증나는 것.
- 嚴親(엄친) : 嚴은 임금, 親은 어버이(兪樾說 荀子集解).

• 嫌(혐) : …만 못하다.

* 상례는 의식을 행할수록 더욱 형식적인 수식이 가해지고, 또 의식을 행하는 순서에 따라 더욱 장소가 집으로부터 멀어지며, 오랜 뒤에는 초상이 나기 전의 평상시로 돌아오게 된다. 여기서는 그러한 예절이 정해진 연유를 설명하고 있다.

12.

예라는 것은 너무 긴 것은 자르고, 너무 짧은 것은 이어주며, 남음이 있는 것은 덜어주며, 부족함이 있는 것은 보태주어 사랑과 존경의 형식적인 수식을 다하여 의로움을 행하는 아름다움을 기르고 완성케 하는 것이다. 그러므로 화려한 수식과 거친 보기 싫은 것, 노래나 음악과 곡하고 우는 것, 편하고 즐거운 것과 근심하고 슬퍼하는 것, 이것들은 반대되는 것이다. 그러나 예는 아울러 그것들을 쓰고 때에 따라 가리어 바꿔가며 쓰는 것이다.

그러므로 아름다운 수식과 노래나 음악과 편하고 즐거움은, 평상의 상태를 지탱하면서 경사스런 일에 쓰이는 것이다. 거친 상복과 곡하고 우는 것과 걱정하고 슬퍼하는 것은, 험악한 사태를 지탱하면서 흉한 일에 쓰이는 것이다. 그러므로 화려한 수식을 하면서도 예쁘고 곱게 되지는 않게 하며, 거친 상복을 만듦에 있어서도 몸에 해롭고 괴롭도록 되지는 않게 하며, 노래와 음악을 연주하고 편하게 즐거움을 나타냄에 있어서는 음탕하게 되거나 태만하게 되지는 않게 하며, 울며 곡하고 슬픔을 나타냄에 있어서는 슬픔이 극하여 건강을 상하게 되지는 않게 한다. 이것이 예의 알맞은 길인 것이다.

그러므로 감정과 모습의 변화는 길하고, 흉한 것을 구별하고, 귀하고 천한 신분과 친하고 먼 관계의 절도(節度)를 나타낼 수만 있다면 그만인 것이다. 여기에서 벗어남은 간사한 것이다. 비록 어렵기는 하지만 군자는 그것을 천하게 여긴다. 그러므로 밥 먹는 양대로 밥을 먹고, 허리 둘레를 재어 허리띠를 하며, 몸이 마른 것을 가지고 서로 뽐내는 것은, 간사한 사람의 방법이지 예의의 형식이 아니며, 효자의 정도 아닐 테고 장차 어떤 목적을 위한 수단으로 삼는 자인 것이다.

禮者, 斷長續短, 損有餘, 益不足, 遠愛敬之文, 而滋成行義之美者也. 故文飾麤惡, 聲樂哭泣, 恬愉憂戚, 是反也, 然而禮兼而用之, 時擧而代御.

故文飾, 聲樂, 恬愉, 所以持平奉吉也, 麤衰, 哭泣, 憂戚, 所以持險奉凶也. 故其立文飾也, 不至於窕冶, 其立麤衰也, 不至於瘠棄, 其立聲樂恬愉也, 不至於流淫惰慢, 其立哭泣哀戚也, 不至於隘懾傷生, 是禮之中流也.

故情貌之變, 足以別吉凶, 明貴賤親疏之節, 期止矣. 外是, 姦也. 雖難, 君子賤之. 故量食而食之, 量要而帶之, 相高以毀瘠, 是姦人之道也, 非禮義之文也, 非孝子之情也, 將以有爲者也.

- 滋(자) : 불어나는 것, 자라게 하는 것.
- 麤惡(추악) : 조잡(粗雜)하고 보기 싫은 것.
- 恬愉(염유) : 편하고 즐거운 것.
- 憂戚(우척) : 근심하고 슬퍼하는 것.
- 代御(대어) : 교대로 쓰는 것.
- 窕冶(요야) : 예쁘고 고운 것.
- 麤衰(추최) : 거친 상복.
- 瘠棄(척기) : 몸이 마르고 자신을 버리게 되는 것, 몸에 해롭고 마음에 괴로운 것.
- 惰慢(타만) : 태만. 게으름피우는 것.
- 隘懾(애섭) : 슬픔이 극도에 이르는 것(楊倞注).
- 期止(기지) : 期는 斯(사)의 잘못(楊倞注), 따라서 「이러면 그

만」의 뜻.

- 要(요) : 腰(요)의 본 글자로「허리」.
- 相高(상고) : 서로 높은 체하는 것. 서로 뽐내는 것.
- 毀瘠(훼척) : 몸이 상하고 여윈 것.
- 有爲者(유위자) : 할 일이 있는 자, 어떤 딴 목적이 있는 자.
  여기서는 명성을 얻어 출세나 하려는 자를 가리킬 것이다.

* 예는, 경사스런 일에 쓰이는 길례(吉禮)나 불행한 일에 쓰이는 흉례(凶禮)를 막론하고 모두 너무 지나쳐서는 안된다. 예의 형식은 길·흉을 구별하고, 높고 낮은 신분과 가깝고 먼 관계를 나타낼 수 있으면 그만이다. 그 이상의 예는 군자의 도가 아니라 간사한 사람들의 도라는 것이다.

13.

그러므로 즐거워 얼굴에 고운 윤택이 나는 것과 근심과 슬픔으로 핼쑥한 나쁜 안색을 하는 것은, 길한 것과 흉한 것 및 근심과 즐거움의 감정이 얼굴빛에 나타난 것이다. 노래하고 농담하며 웃는 것과 곡하며 울부짖는 것은, 길한 것과 흉한 것 및 근심과 즐거움의 감정이 목소리에 나타난 것이다. 소, 돼지와 쌀과 수수, 술과 단술, 범벅과 죽 및 생선과 고기, 콩과 콩잎, 물과 미음은 길한 것과 흉한 것 및 근심과 즐거움의 감정이 음식에 나타난 것이다.

보통 옷과 관, 보무늬와 불무늬 같은 물들인 무늬 및 굵은 베의 상복과, 상복에 두르는 머리와 허리의 삼띠, 비초(非草)로 짠 상복과 띠풀로 짠 신은 길한 것과 흉한 것 및 근심과 즐거움의 감정이 의복에 나타난 것이다.

탁 트인 방과 웅장한 집, 돗자리와 침대, 안석과 방석 및 초가 지붕과 움막, 장작을 깔고 앉고 흙덩이를 베는 것은, 길한 것과 흉한 것 및 근심과 즐거움의 감정이 거처(居處)에 나타난 것이다.

이 두 가지 감정은 사람은 나면서 본시부터 발단(發端)을 지니고 있다. 만약 그것을 자르기도 하고 이어주기도 하며, 넓혀 주기도 하고 좁혀 주기도 하며, 더해 주기도 하고 덜어주기도 하여, 어울리어 충분히 발휘되고 성대하고 아름답게 됨으로써 근본과 끝과 시작과 마지막으로 하여금 모두 순조롭게 되어 족히 오랜 동안의 법칙이 될 만하다면, 곧 이것이 예인 것이다. 순조로이 충분한 수양을 쌓은 군자가 아니라면 그것을 아는 수가 없을 것이다.

故說豫婗澤, 憂戚萃惡, 是吉凶憂愉之情, 發於顏

色者也. 歌謠謸笑, 哭泣諦號, 是吉凶憂愉之情, 發
於聲音者也. 芻豢稻梁, 酒醴餰鬻魚肉, 菽藿酒漿,
是吉凶憂愉之情, 發於食飮者也.

卑絻黼黻文織, 資麤衰絰, 非縗菅屨, 是吉凶憂愉
之情, 發於衣服者也. 疏房檖貌, 越席牀第几筵, 屬
茨倚廬, 席薪枕塊, 是吉凶憂愉之情, 發於居處者也.

兩情者, 人生固有端焉. 若夫斷之繼之, 博之淺之,
益之損之, 類之盡之, 盛之美之, 使本末終始, 莫不
順比, 足以爲萬世則, 則是禮也. 非順孰脩爲之君子,
莫之能知也.

- 說豫(열예) : 기뻐하고 즐거워하는 것.
- 婉澤(완택) : 고운 윤택이 얼굴에 나타나는 것. 이것은 길례
  (吉禮)를 행하는 사람의 모습임.
- 萃(췌) : 顇(췌)와 통하여, 나쁜 안색을 짓는 것.
- 謸(오) : 傲(오)와 통하여, 우스갯소리를 하는 것, 농담하는
  것.
- 諦號(체호) : 諦는 啼(제)와 통하여「울부짖는 것」.
- 芻豢(추환) : 풀을 먹여 기르는 돼지와 소.
- 醴(례) : 단술(甘酒).
- 餰(전) : 범벅.
- 鬻(죽) : 죽.

- 菽(숙) : 콩.
- 藿(곽) : 콩잎. 이 菽藿은 앞의 「魚肉」과 순서가 바뀌어 있다. 이 둘을 바꿔 놓아야 魚肉 이상은 길례, 菽藿 이하는 흉례로서 서술(敍述)의 체제가 들어맞는다.
- 酒漿(주장) : 酒는 水(수)의 잘못(王念孫說 荀子集解), 따라서 「물과 미음」.
- 卑絻(비면) : 椑冕(비면)으로도 쓰며, 椑는 보통 때 입는 옷, 絻은 보통 때 쓰는 관.
- 黼黻(보불) : 보무늬와 불무늬(앞에 여러 번 나왔음).
- 文織(문직) : 실에 물을 들여 무늬를 이루도록 옷감을 짠 것.
- 資纛(자추) : 굵은 베천으로 만든 상복.
- 衰絰(최질) : 衰는 상복, 絰은 상복을 입고 머리와 허리에 두르는 거친 삼띠.
- 菲繐(비혜) : 비초(菲草)로 짠 가늘고 허술한 천으로 만든 상복.
- 菅屨(간구) : 띠풀로 짠 짚신.
- 疏房(소방) : 탁 트인 방.
- 檖䫉(수모) : 깊숙한 집, 우람한 집.
- 越席(월석) : 돗자리.
- 牀笫(상자) : 침대.
- 几筵(궤연) : 안석과 방석.
- 屬茨(속자) : 풀을 이어 덮은 지붕. 초가 지붕.
- 倚廬(의려) : 돌아간 분의 상(喪)을 지키기 위하여 무덤 옆에 거처하기 위해 지은 움막.

- 席薪(석신) : 장작을 깔개로 삼는 것.
- 枕塊(침괴) : 흙덩이를 베개로 삼는 것. 모두 상주(喪主)가 하는 예이다.
- 斷之繼之(단지계지) : 너무 긴 것은 자르고, 너무 짧은 것은 이어준다. 이하 모두 예의 형식을 적절히 경우에 알맞게 조절함을 뜻한다.
- 類(유) : 여러 예가 어울리는 것.
- 盡(진) : 예의 뜻을 다하는 것.
- 孰(숙) : 熟(숙)과 통하여 「잘」, 「익히」의 뜻.

 *예에는 길례(吉禮)와 흉례(凶禮)가 있으니, 이를 경우에 알맞도록 적절히 조절해서 사용해야만 올바른 예가 될 수 있다는 말이다.

14.

그러므로 사람의 본성(本性)이란 시작의 근본이며 소박한 본질(本質)의 것이요, 작위(作爲)란 형식과 무늬가 융성된 것이라 하는 것이다. 본성이 없다면 곧 작위가 가하여질 곳이 없게 되고, 작위가 없다면 곧 본성은 스스로 아름다울 수가 없을 것이다. 본성과 작위가 합쳐진 뒤에라야 성인이란 이름과 천하를 통일하는 공이 이에 이루어지는 것이다.

그러므로 하늘과 땅이 합치어 만물이 생겨나고, 음(陰)과 양(陽)이 접하여 변화가 일어나며, 본성과 작위가 합치면 천하가 다스려진다고 하는 것이다. 하늘은 만물을 생겨나게 할 수는 있으나 만물을 분별하지는 못하며, 땅은 사람들을 그 위에 살게 할 수는 있으나 사람들을 다스리지는 못한다. 우주(宇宙) 가운데 만물과 살고 있는 사람들의 무리는 성인에 의하여 비로소 분별지워지는 것이다.

시경에 말하기를,

「여러 신령들을 편히 달래어

황하와 높은 산의 신까지도

편하게 되었다.」

고 한 것은, 이를 두고 말한 것이다.

故曰, 性者本始材朴也, 偽者文理隆盛也. 無性則偽之無所加, 無偽則性不能自美. 性偽合, 然後成聖人之名, 一天下之功, 於是就也.

故曰, 天地合而萬物生, 陰陽接而變化起, 性偽合而天下治. 天能生物, 不能辨物也, 地能載人, 不能治人也. 宇中萬物生人之屬, 待聖人然後分也.

詩曰, 懷柔百神, 及河喬嶽, 此之謂也.

- 性(성) : 사람이 타고난 성품. 본성(本性).
- 材朴(재박) : 자질(資質), 또는 본질이 소박하다.
- 僞(위) : 爲(위)와 동의하여, 사람들이 일부러 하는 작위(作爲).
- 就(취) : 성취(成就)되다. 이루어지다.
- 詩曰(시왈) : 시경 주송(周頌) 시매(詩邁)편에 보이는 구절.
- 懷柔(회유) : 잘 달래어 안락하게 해주는 것.
- 喬嶽(교악) : 높은 산.

* 사람에게는 선천적인 소박한 본성이 있고, 또 후천적인 수
식된 인위적인 작위(行爲)가 있다. 예란, 이 소박한 본성과 인위
적인 작위가 합치어 이루어진 것이다. 따라서 예는 사람의 본
성에도 어긋나지 않고 사람의 욕망도 충족시켜 줄 수 있는 것
이라야 한다. 이러한 본성과 작위를 잘 조화시키는 사람이 바
로 성인이며, 성인은 이 조화된 예를 통하여 천지 만물을 올바
로 분간하고 세상을 평화롭게 다스린다는 것이다.

15.

상례(常禮)란 것은 죽은 사람을 살아 있듯이 꾸미는 것
이다. 그의 생시를 대체적으로 본떠서 그의 죽음을 전송

하는 것이기 때문에, 죽은 것도 같고 산 것도 같으며, 없어진 것도 같고 생존해 있는 것도 같게 섬기여, 처음이나 마지막이나 한결 같은 것이다.

처음 돌아갔을 때 머리를 감기고 몸을 씻기며, 머리를 모아 묶고 손톱 발톱을 깎으며, 밥을 먹이고 입에 물건을 물리는데, 살아 있을 적에 하던 일을 본뜬 것이다. 머리를 감기지 않을 때엔 빗을 적시어 세 번 빗기고 말며, 몸을 씻기지 않을 때에는 수건을 적시어 세 번 닦고 만다. 흰 새 솜으로 귀막이를 하며 밥은 생쌀을 쓰며 입에는 조개를 물리는데, 살아 있을 적의 방법을 그대로 쓰는 것이다. 속옷을 입히고 세 벌의 옷을 입히며, 넓은 띠에 홀(笏)을 꽂기는 하지만 가는 띠의 고리는 없다. 얼굴에 비단을 덮고 눈을 검은 천으로 가리며, 머리는 묶되 관과 비녀는 꽂지 않는다.

그의 이름을 깃발에 써서 그의 신주(神主) 위에 놓는데, 곧 이름은 보이지 않고 영구(靈柩)만이 드러날까 해서이다. 영전(靈前)에 쓰는 명기(明器)는, 곧 관(冠)에는 관 둘레는 있으되 머리를 싸는 천은 없으며, 독과 술통은 비워 놓고 채우지 않으며, 대자리는 있지만 침대는 없으며, 나무 그릇엔 조각을 하지 않으며, 질그릇은 못 쓰도록 흠

집을 내며, 대나무나 갈대 그릇은 겉만 번드르하지 속은 못 쓰게 한다. 생황(笙簧)과 우(竽)는 갖추기는 하되 함께 연주하지는 않으며, 금(琴)과 슬(瑟)도 벌려놓기는 하되 줄을 뜯지는 않는다. 수레는 무덤 속에 묻지만 말은 되돌아온다. 이것은 모두 쓰지 못함을 알리는 것이다.

살았을 적의 기구들을 갖추어 무덤으로 가져가는 것은 이사하는 것을 본뜬 것이다. 생략하여 그대로 다하지 않고 겉모양만 갖추고 쓸 수는 없게 하며, 수레는 몰고 가서 무덤 속에 묻으면서 방울이나 가축 장식, 고삐와 가슴띠는 넣지 않는 것은 쓰지 않는 것임을 밝히는 것이다. 이사하는 것을 본뜨고 또 쓰지 않는 것임을 밝히는 것은 모두 슬픔을 소중히 하는 때문인 것이다.

그러므로 살았을 적의 기구들은 장식만을 하고 쓸 수는 없게 하며 함께 묻는 명기(明器)는 모양만 갖추고 쓸 곳은 없게 하는 것이다.

모든 예는, 삶을 섬기는 기쁨을 장식하려는 것이고, 죽음을 전송함은 슬픔을 장식하려는 것이고, 제사를 지냄은 존경을 장식하려는 것이며, 군대의 의식은 위엄을 장식하려는 것이다. 이것은 모든 임금들이 다 같았던 일이며, 예나 지금이나 한결 같은 일이지만, 그것이 어디서 유래한 것인지는 아는 이가 없다.

喪禮者, 以生者飾死者也. 大象其生, 以送其死也. 故事死如生, 事亡如存, 終始一也.

始卒, 沐浴鬠體飯唅, 象生執也. 不沐則濡櫛, 三律而止, 不浴則濡巾, 三式而止. 充耳而設瑱, 飯以生稻, 唅以槁骨, 反生術矣. 說褻衣, 襲三稱, 縉紳而無鉤帶矣. 設掩面儇目, 鬠而不冠笄矣.

書其名, 置於其重, 則名不見, 而柩獨明矣. 薦器則冠有鍪而毋縱, 甕廡虛而不實, 有簟席而無牀第, 木器不成斲, 陶器不成物, 薄器不成内, 笙竽具而不和, 琴瑟張而不均, 輿藏而馬反, 告不用也.

具生器以適墓, 象徒道也. 略而不盡, 貌而不功, 趨輿而藏之, 金革轡靷而不入, 明不用也. 象徒道, 又明不用也, 是皆所以重哀也.

故生器, 文而不功, 明器, 貌而不用, 凡禮, 事生飾歡也, 送死, 飾哀也, 祭祀, 飾敬也, 師旅, 飾威也. 是百王之所同, 古今之所一也, 未有知其所由來者也.

• 大象(대상) : 대체적으로 형상을 본뜨는 것.

• 沐浴(목욕) : 머리 감고 몸을 씻는 것.

• 鬠(괄) : 실띠로 머리를 모아 묶는 것.

• 體(체) : 죽은 이의 손톱발톱을 깎는 것.

• 飯(반) : 죽은 이의 입에 쌀을 넣어주는 것.

• 唅(함) : 죽은 이의 입에 물건(소개)을 물리는 것.

• 生執(생집) : 살아 있을 적에 하던 일.

• 濡(유) : 적시는 것.

• 櫛(즐) : 머리 빗는 것.

• 三律(삼률) : 세 번 빗질하는 것.

• 三式(삼식) : 式은 拭(식)과 통하여, 세 번 닦는 것.

• 充耳(충이) : 瑱(진)과 본시는 같은 뜻으로, 옥이나 옥돌로 만
든 귀 위에 덮는 장식인 귀막이. 여기서는 죽은 이의 귀를 새
솜으로 막아 귀막이처럼 만드는 것이다.

• 槁骨(고골) : 조개(楊倞注).

• 術(술) : 술법, 방법, 법.

• 說(설) : 설(設)과 통해 옷을 입히는 것.

• 褻衣(설의) : 속옷.

• 襲(습) : 입히는 것.

• 三稱(삼칭) : 세 벌의 시의(屍衣).

• 縉紳(진신) : 縉은 홀(笏)을 꽂는 것. 紳은 관복에 쓰는 넓은 띠.

• 鉤帶(구대) : 띠의 고리.

• 掩面(엄면) : 죽은 이의 얼굴을 비단 헝겊으로 덮는 것.

• 儇目(현목) : 눈을 검은 헝겊으로 가리는 것.

• 笄(계) : 비녀. 옛날에 관(冠)을 머리에 고정시키기 위하여 쓰

던 것.

- 書其名(서기명) : 죽은 사람의 이름을 명정(銘旌) 위에 쓰는 것.
- 重(중) : 나무로 만든 길이 석 자 되는 신주(神主).
- 柩(구) : 영구(靈柩). 죽은 이가 담긴 관.
- 薦器(천기) : 장례(葬禮)에 쓰는 물건들.
- 鍪(무) : 관(冠)의 둘레.
- 毋(무) : 無(무)와 통하는 자.
- 縰(사) : 사(纚)로도 쓰며, 관에 달린 머리를 싸는 헝겊.
- 饔(옹) : 독, 항아리.
- 甒(무) : 甒(무)로도 쓰며, 술을 담는 질그릇.
- 簟(점) : 대자리.
- 牀笫(상자) : 침대.
- 斲(착) : 조각을 하고 가공을 하는 것(楊倞注).
- 不成物(불성물) : 물건으로 쓰일 수 없도록 흠을 내는 것.
- 薄器(박기) : 대(竹)나 갈대(草)로 만든 그릇.
- 不成內(불성내) : 겉모양만 그럴싸하게 만들고, 내용은 쓰지 못하게 만드는 것.
- 輿(여) : 수레.
- 藏(장) : 무덤 속에 함께 묻는 것.
- 徙道(사도) : 이사(移舍)를 하는 것.
- 略而不盡(약이부진) : 여러 가지 조건을 생략하여 완전한 그릇이 못되게 하는 것.
- 貌(모) : 모습. 겉모양만 비슷이 만드는 것.
- 不功(불공) : 소용이 없게 하는 것.

• 金革轡靷(금혁비인) : 쇠로 만든 방울 같은 장식, 가죽으로 만든 말 뱃대끈 같은 장식. 말 고삐, 말 가슴띠.

*상례(喪禮)는 죽은 이가 살았을 적의 일을 본떠서 죽음을 장식하는 것이다. 그리하여 모든 의식은 그가 살았을 적의 일처럼 하지만, 그것은 다만 모양을 본뜰 뿐이지 똑같이 하는 것은 아니다. 장례(葬禮) 때 부장(副葬)으로 쓰는 여러 가지 물건들이나 죽은 사람이 쓰던 물건들도 모두 실제로는 쓸 수 없는 형태로 만들어 묻는다. 이러한 예는 다만 죽음을 슬퍼하는 뜻을 나타내는 것이므로 실용하는 물건과는 달라야 한다. 이것은 언제부터 그랬는지는 모르지만 어떻든 예부터 쓰여 오는 예라는 것이다.

16.
그러므로 묘혈(墓穴)과 무덤은 그 모양이 집과 방을 본뜬 것이다. 관과 덧관은 그 모양이 수레 둘레 널판지와 수레 지붕과 수레 앞장식과 뒷장식을 본뜬 것이다. 관 위를 덮는 천과 아래를 싸는 천과 관 장식에 꽂는 오채(五采)의 깃과 무덤 속에 다른 동(銅)으로 만든 고기와 관 가장자리의 장식과 관 위 장식은, 그 모양이 발과 포장과

얇은 장막을 본뜬 것이다. 묘혈(墓穴)의 흙막이와 굴대는 그 모양이 담과 지붕과 울타리와 문을 본뜬 것이다.

그러므로 상례는 별다른 것이 아니다. 죽음과 삶의 뜻을 밝히어 슬픔과 존경으로써 전송하며 잘 묻는 것으로써 끝맺는 것이다. 그러므로 죽은 이를 묻어줌은 그의 형체(形體)를 공경히 땅속에 모시는 것이며, 제사는 그 신(神)을 공경히 섬기는 것이며, 그의 공로와 행장(行狀)과 그의 가계(家系)를 쓴 글은 공경히 그의 이름을 전하는 것이다.

탄생의 의식은 사람의 시작을 장식하는 것이고, 죽음을 전송함은 마지막을 장식하는 것이다. 마지막과 시작이 다 갖추어져야만 효자로서의 일이 끝나고 성인의 도(道)가 갖추어지는 것이다. 죽음에 대하여 각박함으로써 삶에 보탬이 되게 하는 것을 야박하다 하고, 삶에 대하여 각박함으로써 죽음에 보탬이 되게 하는 것을 미혹되다고 하며, 삶을 죽여 죽음을 전송하는 것을 사람 백정이라고 한다.

대체로 그의 삶을 본떠서 그의 죽음을 전송하여, 나고 죽는 처음과 마지막으로 하여금 합당하고 훌륭하지 않은 게 없도록 하는 것, 이것이 예의의 법식(法式)인 것이다.

유가(儒家)가 바로 이러하다.

故壙壠, 其貌象室屋也, 棺椁, 其貌象版蓋斯象拂
也. 無帾絲歶縷翣, 其貌以象菲帷幬尉也. 抗折,
其貌以象槾茨番閼也. 故喪禮者, 無它焉. 明死生之
義, 送以哀敬, 而終周藏也. 故葬埋, 敬藏其形也, 祭
祀, 敬事其神也, 其銘誄繫世, 敬傳其名也.

事生, 飾始也, 送死, 飾終也. 終始具, 而孝子之事
畢, 聖人之道備矣. 刻死而附生, 謂之墨, 刻生而附
死, 謂之惑, 殺生而送死, 謂之賊.

大象其生以送其死, 使死生終始, 莫不稱宜而好
善, 是禮義之法式也, 儒者是矣.

- 壙(광) : 묘혈(墓穴). 죽은 이를 묻기 위해 판 구덩이.
- 壠(롱) : 무덤. 무덤 위의 봉분(封墳).
- 椁(곽) : 덧관(棺).
- 版(판) : 수레 양옆에 댄 널빤지.
- 蓋(개) : 수레 지붕. 斯(사), 斳(근), 䡊(흔)과 통하여 수레 앞장
  식. 다음의 「象」자는 잘못하여 끼어든 것.
- 拂(불) : 茀(불)과 통하여, 수레 뒤의 장식.
- 無(무) : 幠(무)와 통하여, 관 위를 덮는 천.
- 帾(도) : 관 아래를 싸는 헝겊.

- 絲(사) : 綏(수)와 통하여, 관 장식 위에 꽂는 오색(五色)의 깃털.
- 鱟(우) : 魚(어)와 통하여, 무덤 속에 달아 놓는 동(銅)으로 만든 물고기.
- 縷(루) : 관 가장자리의 장식.
- 翣(삽) : 관 위의 장식.
- 菲(비) : 긴 풀로 엮어 만든 발.
- 帷(유) : 문에 치는 포장.
- 幬尉(주위) : 얇은 장막.
- 抗(항) : 흙이 묘혈로 내려가지 못하도록 나무로 막는 것.
- 折(절) : 묘혈 위를 덮는 굴대.
- 椫(만) : 담.
- 茨(자) : 초가 지붕.
- 番(번) : 藩(번)과 통하여, 울타리.
- 闒(알) : 문.
- 周藏(주장) : 잘 묻어주는 것.
- 銘(명) : 죽은 이의 공을 기물(器物)에 새긴 글.
- 誄(뢰) : 죽은 이의 행상(行狀)을 쓴 글.
- 繫世(계세) : 세보(世譜). 집안의 계보(系譜).
- 刻死(각사) : 죽은 이의 장사를 각박하게 치르는 것.
- 附生(부생) : 장사 비용을 아끼어 생활에 보태는 것.
- 墨(묵) : 야박한 것. 묵자(墨子)로도 풀이한다(楊倞注).
- 賊(적) : 사람을 해치는 자.
- 稱宜(칭의) : 합당하게 잘 어울리는 것.

* 여기서는 장례(葬禮)가 죽은 이의 살았던 환경을 본뜬 것임을 예를 들어 구체적으로 설명하고 있다. 이처럼 살았을 때를 본떠서 장사를 알맞게 지내주는 것이 올바른 예라는 것이다.

17.

삼년상(三年喪)은 어째서인가? 인정에 어울리도록 형식을 정한 것으로써, 그것으로써 사회를 수식하고 친하고 먼 관계와 귀하고 천한 신분의 분별을 한 것이니, 마음대로 덜 수도 더할 수도 없는 것이다. 그러므로 어디를 가나 바뀌어질 수 없는 법도인 것이다. 상처가 큰 사람은 아무는 날이 오래 걸리고, 아픔이 심한 사람은 나아지는 게 더딘 것이다.

삼년상은 인정에 어울리게 형식을 정한 것인데, 지극한 아픔이 극점에 이른 것이기 때문이다. 거친 상복을 입고 검게 마른 대나무 지팡이를 짚고 움막에 거처하며, 죽을 먹고 장작을 깔고 앉고 흙덩이를 베는 것은, 지극한 아픔을 수식하려는 때문인 것이다.

삼년상은 25개월 만에 끝나는 데 애통함이 다하지 아니하고 사모하는 마음이 잊혀지지 않을 것이다. 그런데도 예는 25개월로써 끊어버리는 것은, 어찌 죽음을 전송함엔 끝맺음이 있어야 하고, 일상생활로 되돌아감에는 절도가 있어야만 하기 때문이 아니겠는가!

三年之喪, 何也? 曰, 稱情而立文, 因以飾羣, 別親疎貴賤之節, 而不可益損也. 故曰, 無適不易之術也. 創巨者, 其日久, 痛甚者, 其愈遲.

三年之喪, 稱情而立文, 所以爲至痛極也. 齊衰, 苴杖, 居廬, 食粥, 席薪, 枕塊, 所以爲至痛飾也.

三年之喪, 二十五月而畢, 哀痛未盡, 思慕未忘. 然而禮以是斷之者, 豈不以送死有已, 復生有節也哉!

• 稱情(칭정) : 인정에 어울리는 것.

• 立文(입문) : 형식적인 수식을 정하는 것.

• 飾羣(식군) : 군중(羣衆)의 생활, 곧 사회를 수식한다는 뜻.

• 無適不易(무적불역) : 어디를 가도 바뀌어질 수가 없는 것.

• 創(창) : 상처.

• 齊衰(자최) : 부모를 여읜 상주(喪主)가 입는 가장 거친 상복. 예기(禮記)에 의하면, 斬衰(참최)가 옳다.

• 苴杖(저장) : 검게 마른 대나무 지팡이.

• 廬(려) : 움막, 묘막.

• 粥(죽) : 먹는 죽.

- 有已(유이) : 끝맺음이 있다.
- 復生(복생) : 일상생활로 되돌아가는 것.

　＊여기에서는 삼년상의 의의를 설명하고 있다. 옛날에는 부모가 돌아가시면 자식들이, 임금이 돌아가시면 제후와 신하들이, 남편이 죽으면 부인이 모두 삼년상을 치뤘다. 삼 년이란 오랫동안 상을 입게 한 것은 그분을 여읜 아래 사람의 애통하는 마음이 지극하기 때문이다. 그렇다고 애통하는 마음이 완전히 없어질 때까지 상을 입을 수도 없다. 삼년상이란 인정에 가장 알맞도록 제정된 예라는 것이다.

18.

　모든 하늘과 땅 사이에 살아 있는 것으로써 혈기(血氣)가 있는 종류라면 반드시 지각(知覺)이 있을 것이며, 지각이 있는 무리라면 그의 무리를 사랑하지 않는 것이 없을 것이다. 지금 큰 새와 짐승들도 그의 무리나 짝을 잃어버리어 한 달이 넘고 한 철이 지나갔다면, 곧 반드시 간 길을 따라 되돌아올 것이며, 고향을 지나게 되면, 곧 반드시 왔다 갔다 하면서 울부짖기도 하고, 발로 땅을 구르기도 하고, 머뭇머뭇거리기도 한 다음에야 그곳을 떠나게 될 것이다. 작은 것으로는 제비나 참새가 있는데 역시 한 동안 슬피 운 다음에야 떠나게 될 것이다.

그런데 혈기가 있는 종류들 가운데에서 사람보다 더 지각이 있는 것은 없다. 그러므로 사람들은 그의 어버이 에 대하여 그리는 정이 죽도록 다함이 없을 것이다. 장차 어리석고 고루하며 음탕하고 사악한 사람을 따른다면, 곧 그들은 아침에 죽은 이를 저녁이면 잊어버릴 것이며, 그런대로 내버려두면, 곧 새나 짐승만도 못하게 될 것이 다. 그런 자들이 어찌 서로 함께 모여 살면서 혼란해지지 않을 수가 있겠는가?

장차 수양이 있고 예가 군자를 따른다면, 곧 삼년상인 25개월이 끝나는 것이 네 마리 말이 끄는 마차가 지나가 는 것을 벽 틈으로 보는 것 같아서, 그대로 두어 두면 곧 끝이 없게 되는 것이다. 그러므로 옛 임금과 성인들께서 는 이들을 위하여 알맞는 방법을 정하고 예절을 제정함 으로써 한결같이 형식적인 수식을 이루기에 충분하면, 곧 그만두도록 하였던 것이다.

凡生乎天地之間者, 有血氣之屬, 必有知, 有知之 屬, 莫不愛其類. 今夫大鳥獸, 則失亡其羣匹, 越月

踰時, 則必反鉛, 過故鄉, 則必徘徊焉, 鳴號焉, 躑躅
焉, 踟躕焉, 然後能去之也. 小者是燕爵, 猶有啁噍
之頃焉, 然後能去之.

故有血氣之屬, 莫知於人, 故人之於其親也, 至死
無窮. 將由夫愚陋淫邪之人與, 則彼朝死以夕忘之,
然而縱之, 則是曾鳥獸之不若也. 彼安能相與羣居,
而無亂乎?

將由夫脩飾之君子與, 則三年之喪, 二十五月而
畢, 若駟之過隙然, 而遂之則是無窮也. 故先王聖人,
安爲之立中制節, 一使足以成文理則舍之矣.

- 踰時(유시) : 한철을 넘기는 것.
- 鉛(연) : 沿(연)과 통하여, 갔던 길을 따라가는 것.
- 徘徊(배회) : 한 장소를 중심으로 왔다 갔다 하는 것.
- 躑躅(척촉) : 발로 땅을 동동 구르는 것.
- 踟躕(지주) : 머뭇거리는 것.
- 爵(작) : 雀(작)과 통하여 「참새」.
- 啁噍(조초) : 새들이 재잘재잘 우는 것.
- 頃(경) : 한동안.
- 至死無窮(지사무궁) : 죽기까지 어버이를 사모하는 정이 다함
  이 없는 것.
- 愚陋(우루) : 어리석고 고루(固陋)한 것.

- 縱(종) : 내버려 두는 것.
- 駟(사) : 수레를 끄는 네 마리의 말. 옛날의 수레는 원래 네 마리가 한 수레를 끌었다.
- 隙(극) : 틈, 벽틈.
- 遂之(수지) : 군자가 슬퍼하고 사모하는 정을 이루도록 버려 두는 것.
- 舍之(사지) : 그만두게 하였다는 뜻.

* 삼년상은 인정에 알맞게 정해 놓은 예절이다. 따라서 삼년상도 제대로 못 지키는 사람은 새나 짐승만도 못한 사람이 된다. 올바른 군자라면 오히려 25개월이란 삼년상을 다 치루고 난다 하더라도 부모를 사모하는 정이 끝없을 것이다. 그대로 두면 군자들은 어버이를 사모하는 정 때문에 삶을 해치게 될 것이므로, 오히려 이를 막기 위하여 삼년상이란 한계를 제정하여 놓았다는 것이다.

19.

그렇다면 무엇 때문에 그것을 나눈 일년상(一年喪)이 있는가? 그것은 지극히 친근한 분이라도 한 돌로써 상(喪)을 벗기 때문이다. 그것은 어째서인가? 그것은 하늘과 땅도 일 년이면 이미 바뀌어지고 사철도 이미 한 바퀴

돌아서 우주 안에 있는 것들은 다시 시작되지 않는 것이 없기 때문이다. 그러므로 옛 임금들께서는 이것으로써 일년상을 본뜬 것이다.

그렇다면 삼년상은 어째서인가? 그것은 은혜를 더욱 융성하게 하고자 하여 그 두 배로 하였기 때문에 두 돓이 된 것이다.

아홉 달 이하의 복상(服喪)은 어째서인가? 그것은 은혜가 부모에 미치지 못함을 보이기 위해서이다. 그러므로 삼년상이 가장 융성한 것이고, 시마(緦麻)의 상복을 입는 석 달의 상(喪)과 소공(小功)의 상복을 입는 다섯 달의 상은 등급을 가장 낮춘 것이며, 일 년과 아홉 달은 중간 것이 되는 것이다.

위로는 하늘의 형상을 본받고, 아래로는 땅의 형상을 본받고 중간으로 사람에게서 법칙을 취하였으니, 사람들이 모여 살며 하나로 조화될 근거가 되는 이치가 이에 다하고 있는 것이다. 그러므로 삼년상이란 사람의 도리에서 가장 수식이 된 것이다. 이것을 두고서 지극한 융성함이라 말하는 것이며, 이것은 여러 임금들이 모두 같았고 예나 지금이나 한가지인 것이다.

임금의 상도 삼 년을 지키는 것은 무엇 때문이가? 그

것은 임금이란 다스리고 분별하는 주인이요, 형식적인 수식의 근원이요, 인정과 겉모양을 다한 분이기 때문이다. 부모의 예를 따라 융성함을 다해 드려도 또한 괜찮지 않겠는가?

시경에 말하기를,

「점잖으신 군자여,

백성들의 부모로다.」

라 하였으니, 저 군자란 본시 백성들의 부모가 된다는 설이 있었던 것이다.

然則何以分之? 曰, 至親以期斷. 是何也? 曰, 天地則已易矣, 四時則已徧矣, 其在宇中者, 莫不更始矣. 故先王, 案以此象之也. 然則三年何也? 曰, 加隆焉, 案使倍之, 故再期也.

由九月以下何也? 曰, 案使不及也. 故三年以爲隆, 緦小功以爲殺, 期九月以爲間.

上取象於天, 下取象於地, 中取則於人, 人所以羣居和一之理, 盡矣. 故三年之喪, 人道之至文者也, 夫是之謂至隆, 是百王之所同, 古今之所一也.

君之喪, 所以取三年何也? 曰, 君子, 治辨之主也,

文理之原也, 情貌之盡也. 相率而致隆之, 不亦可
乎? 詩曰, 愷悌君子, 民之父母, 彼君子者, 固有爲
民父母之說焉.

- 分之(분지) : 삼년상을 나눠 일년상을 만든 것.
- 期(기) : 돌.
- 斷(단) : 상(喪) 입는 것을 끝맺는 것.
- 徧(편) : 사철이 두루 한바퀴 도는 것.
- 緦(시) : 시마(緦麻). 가장 고운 베로 만든 가벼운 상복으로 삼
  월상(三月喪)에 입었다. 근친관계(近親關係)를 다섯 등급으로
  나누어 복상(服喪)하는 기간과 상복을 구별하였다.
- 小功(소공) : 시마 다음으로 가벼운 상복으로, 오월상(五月喪)
  에 입었다.
- 殺(쇄) : 예의 등급을 낮추는 것.
- 詩曰(시왈) : 시경 소아(小雅) 청승(靑蠅)편에 보이는 구절.
- 愷悌(개제) : 점잖은 것.

*복상(服喪)에는 삼년상이 이외에도 일년상(一年喪), 구월상
(九月喪), 오월상(五月喪), 삼월상(三月喪)의 구별이 있다. 옛날에
는 근친(近親)을 다섯 등급으로 나누어 그 멀고 가까운 관계에
따라 이처럼 복상하는 기간과 상복을 구별하였다. 여기서는 이
러한 구별의 원리를 설명한 것이다.

순자

제14권

20. 악론편樂論篇

음악에 대한 순자의 견해가 씌어져 있다. 음악은 예와 함께 유가(儒家)에 있어서는 그들의 학설의 중요한 부분을 차지하고 있다. 예로서는 사람의 행동과 겉모양을 규제(規制)하고, 음악으로는 사람의 성정(性情)을 다스리려 하였던 것이다. 순자의 사상을 이해하는 데 있어서도 음악에 대한 그의 견해는 매우 중요하다. 여기서는 이 편 첫머리 부분인 음악의 기원과 음악의 중요성 및 정통적인 음악의 효용(效用)을 논하면서 묵자(墨子)의 비악설(非樂說)을 배척한 대목들을 번역하였다.

1.

음악(音樂)이란 즐기는 것(樂)이다. 사람의 감정으로서는 없을 수가 없는 것이다. 그러므로 사람에게서는 음악이 없을 수가 없는 것이다. 즐거우면, 곧 그것이 목소리에 나타나고 행동으로 표현된다. 그래서 사람의 도(道)인 목소리와 행동 및 본성(本性)의 작용 변화가 모두 여기에 발휘되는 것이다.

그러므로 사람에겐 즐김이 없을 수가 없으며, 즐기면 곧 겉으로 표현되지 않을 수가 없으며, 겉으로 표현되어 올바른 도리에 맞지 않으면 곧 혼란이 없을 수가 없는 것이다.

옛 임금님들께서는 그러한 혼란을 싫어하셨다. 그러므로 우아한 아(雅)·송(頌)의 음악을 제정하여 이끌어줌으로써 그 음악을 충분히 즐기면서도 어지러움으로 흐르지 않게 하고, 그 형식은 충분히 분별되면서도 없어지지 않게 하고, 그 소리의 가락과 번거롭고 간단함과 뾰족하고 둥그스름한 것과 장단은 충분히 사람의 착한 마음을 감동시킴으로써, 저 사악하고 더러운 기운이 가까이할 길이 없도록 한 것이다. 이것이 옛 임금님들께서 음악을 제정하신 이유이다. 그러나 묵자(墨子)는 이를 부정하였으니 어찌 된 일인가?

夫樂者, 樂也. 人情之所必不免也, 故人不能無樂, 樂則必發於聲音, 形於動靜. 而人之道, 聲音動靜, 性術之變, 盡是矣.

故人不能不樂, 樂則不能無形, 形而不爲道, 則不能無亂.

先王惡其亂也. 故制雅頌之聲以道之, 使其聲足以樂而不流, 使其文足以辨而不諰, 使其曲直繁省, 廉肉節奏, 足以感動人之善心, 使夫邪汙之氣, 無由得接焉. 是先王立樂之方也, 而墨子非之, 奈何?

- 樂(악) : 음악.
- 樂(낙) : 즐김, 즐거움.
- 性術(성술) : 본성(本性)의 작용.

- 雅頌(아송) : 시경의 내용은 풍(風)·아(雅)·송(頌)의 세 가지로 크게 분류된다. 풍은 민요풍의 시가, 아는 조정의 모임 또는 연회에서 연주되던 음악(그 가사), 송은 종묘에서 제사 지낼 때 연주되던 음악. 따라서 「아·송」은 전통적인 아악(雅樂)을 뜻한다.
- 道之(도지) : 그들을 지도한다.
- 流(류) : 나쁜 길로 흐르는 것.
- 辨(변) : 분별. 이해.
- 不諰(불시) : 不息(불식)의 잘못으로(荀子集解), 「없어지지 않는다」, 「끊임이 없다」는 뜻.
- 曲直(곡직) : 소리가 굽고 곧은 것. 가락, 멜로디.
- 繁省(번성) : 소리가 복잡하고 단순한 것.
- 廉肉(염육) : 소리가 한편으로 삐져나오고 둥글둥글한 것.
- 節奏(절주) : 장단, 리듬.
- 邪汙(사오) : 사악(邪惡)하고 더러운 것.

*음악이란 무엇인가? 음악은 어째서 생겨났는가? 왜 옛 임금들은 그들의 음악을 제정하였는가? 등의 문제를 논하고 있다. 이 편은 「예기(禮記)」의 악기(樂記)편과 대조하여 읽으면 재미있을 것이다.

2.

본시 음악은 종묘(宗廟) 가운데에서 임금과 신하와 윗
사람, 아랫사람들이 함께 들으면, 곧 화합하고 공경하지
않는 이가 없게 된다. 집안에서 부자와 형제들이 함께 들
으면, 곧 화합하고 친하지 않는 이가 없게 된다. 마을의
집안 어른을 모신 가운데에서 어른과 젊은이들이 함께
들으면 화합하고 종순(從順)하여지지 않는 이가 없게 된
다.

그러므로 음악이란 한 가지 표준을 잘 살피어 화합하
도록 정한 것이며, 여러 가지 사물(事物)을 견주어서 절도
를 수식한 것이며, 여러 악기들의 합주(合奏)로써 아름다
운 형식을 이루게 한 것이다. 그것은 충분히 한 가지 도
(道)를 따를 수가 있으며, 충분히 만물의 변화를 다스릴
수가 있는 것이다. 이것이 옛 임금께서 음악을 제정하신
근거이다. 그러나 묵자(墨子)는 이것을 부정하고 있으니
어찌 된 일인가?

故樂在宗廟之中, 君臣上下同聽之, 則莫不和敬.
閨門之內, 父子兄弟同聽之, 則莫不和親. 鄕里族長
之中, 長少同聽之, 則莫不和順.

故樂者, 審一以定和者也, 比物以飾節者也, 合奏
以成文者也. 足以率一道, 足以治萬變, 是先王立樂
之術也. 而墨子非之, 奈何?

- 閨門(규문) : 집안, 가정.
- 族長(족장) : 같은 집안의 가장 어른 되는 사람.
- 審一(심일) : 한 가지 기준, 한 가지 원칙을 살피고 심사하는 것.
- 一道(일도) : 한 가지 표준이 되는 올바른 도(道).

*음악의 효용을 설명하고, 그러한 효용이 있기 때문에 옛 임금들이 음악을 제정하였음을 설명하고 있다.

3.

그러므로 그 아(雅)·송(頌)의 음악을 들으면 마음과 뜻이 넓어질 수가 있다. 무무(武舞)의 방패와 도끼를 잡고서 몸을 숙이고, 젖히고, 구부리고, 펴고 하는 동작을 익히면 용모가 웅장해질 수가 있다. 춤추는 위치와 나가고 들어갈 자리를 알게 하고, 음악의 장단을 맞추게 되면 행렬(行列)이 올바를 수 있고, 나아가고 물러나는 행동이 정제(整齊)해질 수 있을 것이다.

그래서 음악이란 밖으로 나아가서는 적을 정벌하고 벌을 줄 수 있는 것이며, 안으로 들어와서는 서로 공손하게 인사를 하고 사양하는 예를 지킬 수 있게 하는 것이다. 적을 정벌하고 벌을 주는 것과 공손하게 인사하고 사양하는 예는 그 의의(意義)에 있어서는 한 가지인 것이다.

밖으로 나아가서는 적을 정벌하고 벌하게 되면, 곧 명령에 따르지 않는 이가 없을 것이며, 안으로 들어와서는 서로 공손하게 인사하고 사양하는 예를 지키게 하면, 곧 복종하지 않는 이가 없게 될 것이다. 그러므로 음악이란 천하를 크게 정제(整齊)하게 하는 것이고 알맞게 조화시키는 규범이 되며, 사람의 정으로서는 없을 수가 없는 것이다. 이것이 옛 임금들이 음악을 제정하신 이유인 것이다. 그러나 묵자(墨子)는 이것을 부정하고 있으니 어찌 된 일인가?

故聽其雅頌之聲, 而志意得廣焉, 執其干戚, 習其俯仰屈伸, 而容貌得莊焉, 行其綴兆, 要其節奏, 而行列得正焉, 進退得齊焉.

故樂者, 出所以征誅也, 入所以揖讓也, 征誅揖讓, 其義一也. 出所以征誅, 則莫不聽從, 入所以揖讓,

則莫不從服. 故樂者, 天下之大齊也, 中和之紀也,
人情之所必不免也. 是先王立樂之術也. 而墨子非
之, 奈何?

- 干戚(간척) : 방패와 도끼. 옛날 춤에는 문무(文舞)와 무무(武
  舞)가 있어, 문무에선 피리와 깃을 들고 점잖은 춤을 추었고,
  무무에선 방패와 도끼 같은 무기를 들고 전쟁을 상징하는
  춤을 추었다. 그리고 옛날의 음악(樂)은 춤을 포함한 「악무
  (樂舞)」를 뜻한다.
- 俯仰(부앙) : 몸을 앞으로 숙였다, 뒤로 젖혔다 하는 것.
- 屈伸(굴신) : 몸을 굽혔다 폈다 하는 것, 모두 춤의 동작을 뜻
  함.
- 綴兆(철조) : 춤추는 위치. 綴은 춤추는 대열(隊列)에서의 위
  치, 兆는 나아가고 물러서고 하는 자리.
- 要(요) : 會(회)의 뜻(禮記樂記 鄭玄注). 모으는 것, 장단을 맞
  추는 것.
- 征誅(정주) : 적국(敵國)을 정벌하거나 주벌(誅罰 : 죄를 물어 벌
  하는 것)하는 것.
- 揖讓(읍양) : 사람들이 서로 몸을 숙여 읍하고 사양하고 하는
  예의.
- 大齊(대제) : 크게 정제(整齊)하는 것.

* 여기서는 음악의 효용을 더욱 구체적으로 설명하고 있다.

훌륭한 음악은 사람들의 마음과 행동을 바르게 해줄 뿐만 아니라, 크게는 적국(敵國)도 굴복시키는 힘을 가지고 있다는 것이다. 그것은 음악이 비뚤어진 적의 마음을 바로잡아주기 때문에 자연히 덕 있는 자에게 굴복하게 된다는 것이다.

그 예로 서경 하서(夏書)의 대우모(大禹謨)를 보면, 다음과 같은 얘기가 실려 있다. 순임금 때 묘족(苗族)이 명령을 거스리자 순임금은 우(禹)를 시켜 그들을 정벌케 하였다. 그러나 오랜 시일을 싸워도 그들을 굴복시키지 못하였다. 순임금은 마침내 익(益)의 충고를 따라 군사를 거둬들이고 양쪽 섬돌 사이에서 음악을 연주하여 문무(文舞)와 무무(武舞)를 추게 하였다. 그 결과 70일 만에 묘족은 그 감화를 받고 스스로 굴복하여 왔다는 것이다.

음악의 효용은 이처럼 크다. 온 천하에 질서를 세우고 사회를 알맞게 조화시킬 수 있는 것이 음악이다. 그렇기 때문에 옛 성왕(聖王)들은 모두 훌륭한 음악을 제정하였다는 것이다.

4.

또한 음악이란 옛 임금들께서 기쁨을 장식하기 위한 것이었다. 군대와 지휘권(指揮權)은 옛 임금께서 노여움을 장식하기 위한 것이었다. 옛 임금들의 기쁨과 노여움은 모두 알맞았었다. 그렇기 때문에 기뻐하시면 온 천하가 이에 화하고, 노여워하시면 난폭한 자들이 두려워하였다. 옛 임금의 도(道)란 바로 예의와 음악이 성대한 것이다. 그런데도 묵자는 그것을 부정하였다.

그러므로 묵자의 도(道)에 대한 태도는 장님이 희고 검은 것을 모르는 것과 같고, 귀머거리가 맑고 탁한 소리를 분별 못하는 것과 같으며, 남쪽의 초(楚)나라를 가려 하면서 북쪽으로 가서 초나라를 찾는 것과 같다고 하는 것이다.

且樂者, 先王之所以飾喜也. 軍旅鈇鉞者, 先王之所以飾怒也. 先王喜怒, 皆得其齊焉. 是故喜而天下和之, 怒而暴亂畏之. 先王之道, 禮樂正其盛者也. 而墨子非之.

故曰, 墨子之於道也, 猶瞽之於白黑也, 猶聾之於清濁也, 猶欲之楚而北求之也.

• 鈇鉞(부월) : 鈇와 鉞은 모두 무기로 쓰던 도끼, 특히 군대에서 군법을 어긴 자를 처단할 때에는 임금이 내린 「부월」을 썼다. 따라서 이것은 군대의 지휘권(指揮權)을 상징하는 말이 되었다.

*음악은 임금에게 있어서는 군대나 마찬가지로 꼭 있어야만 하는 것이다. 음악으로 백성들을 감화시키어 백성들을 올바로 이끌면 백성들은 잘 살게 되고 나라는 부강(富强)해질 것이다.

그래서 유가들은 언제나 「예악(禮樂)」을 함께 부쳐 말하기 좋아한다. 예로써 사람의 겉모양과 행동을 다스리고, 악으로써 사람의 성격과 감정을 다스리자는 뜻에서이다. 그래서 순자도 옛 훌륭한 임금의 도(道)란, 바로 예악(禮樂)이 성대함을 뜻하는 것이라 말한 것이다.

순자

제15권

21. 해폐편解蔽篇

사람이란 가끔 마음 한편이 가리워져 콱 막힌 것처럼 비뚤어
진 견해를 고집하는 수가 있다. 이 편에서는 이처럼 가리워진 것
을 벗겨줌으로써 마음이 탁 트여 올바른 사고(思考)를 갖게 한다
는 것이 주지(主旨)이다.

여기서는 마음이 가리워져 이치에 어두운 근거를 해설한 첫
머리와 임금과 임금을 찾아다니며 유세(遊說)하는 사람들의 공정
한 판단애 관한 애기의 한 부분을 번역키로 한다.

1.

모든 사람의 병폐(病弊)는 한 모퉁이가 가리워져 있어서 큰 이치에 어두운 데 있다. 잘 다스리면 곧 정상(正常)으로 되돌아오지만, 옳은 것과 그른 것을 둘 다 의심하면 곧 미혹될 것이다.

천하에는 두 개의 올바른 도(道)가 없으며, 성인에게는 두 가지 다른 마음이 없다. 지금 제후들은 제각기 다른 정치를 하고, 여러 학파(學派)들은 제각기 다른 학설을 주장하고 있으니, 반드시 어떤 것은 옳고 어떤 것은 그른 것이며, 어떤 것은 잘 다스려지고 어떤 것은 혼란한 것이다.

나라를 어지럽히는 임금과 집안을 어지럽히는 사람도, 그의 성심을 다하여 모두 바른 것을 구하지만, 자기 나름대로 판단하기 때문에 어지러워지는 것이다. 올바른 도리가 질투 때문에 미혹되고 있는데, 사람들이 그가 좋아하는 대로 유인 당하는 것이다. 자기 개인이 하여 놓은 것에 대해서는 다만 그것이 나쁘다는 말을 들을까 두려워만 하고, 그의 개인 입장에 따라 다른 사람의 하는 방법을 보고는 다만 그것이 훌륭하다는 말을 한 것을 들을까 두려워만 한다. 그래서 다스림과는 멀리 떨어져서 달리고 있는 데도, 자기가 옳다는 생각을 버리지 못한다. 어찌 한 모퉁이가 가리워져 있어서 올바름을 잘못 구하는 것이 아니겠는가?

마음을 제대로 쓰지 않으면 희고 검은 게 바로 앞에 있다 하더라고 그의 눈은 보지를 못하고, 천둥 소리, 북소리가 옆에서 난다 하더라도 그의 귀는 듣지를 못한다. 하물며 마음이 딴 것에 부림을 당하는 사람이야 어떻겠는가? 덕 있고 올바른 사람은 나라를 어지럽히는 임금이 위에서 비난하고 있고, 집안을 어지럽히는 사람은 아래에서 비난하고 있다면, 어찌 슬픈 일이 아니겠는가?

凡人之患, 蔽於一曲, 而闇於大理. 治則復經, 兩疑則惑矣. 天下無二道, 聖人無兩心, 今諸侯異政, 百家異說, 則必或是或非, 或治或亂.

亂國之君, 亂家之人, 此其誠心莫不求正, 而以自
爲也. 妬繆於道, 而人誘其所迨也, 私其所積, 唯恐
聞其惡也, 倚其所私, 以觀異術, 唯恐聞其美也. 是
以與治離走, 而是己不輟也. 豈不蔽於一曲, 而失正
求也哉?

心不使焉, 則白黑在前而目不見, 雷鼓在側而耳不
聞. 況於使者乎? 德道之人, 亂國之君非之上, 亂家
之人非之下, 豈不哀哉?

- 患(환) : 걱정. 병폐(病弊).
- 蔽(폐) : 마음이 밝게 트이지 못하고, 한 모퉁이에 엉기어 어
  떤 물건에 콱 막혀져 있는 것(楊倞注).
- 一曲(일곡) : 한 모퉁이.
- 闇(암) : 暗(암)과 통하여「어두운 것」.
- 復經(복경) : 정상적인 사고(思考)로 되돌아오는 것.
- 兩疑(양의) : 바른 것과 바르지 못한 것 둘 다 의심하는 것.
- 自爲(자위) : 자기의 그릇된 판단으로 행동하는 것.
- 妬(투) : 질투.
- 繆(류) : 잘못된 것, 그릇된 것.
- 迨(태) : 가까이하는 것, 좋아하는 것.
- 所積(소적) : 행동을 쌓아온 것, 쭉욱 일하여 온 것.
- 倚(의) : 의지하여, 근거로 하여.
- 離(이) : 떨어져 있는 것. 지금 판본은「雖(수)」로 되어 있으나

왕염손(王念孫)의 교정(校正)을 따랐다(荀子集解).

• 輟(철) : 그치는 것, 그만두는 것.
• 使者(사자) : 마음이 그릇된 질투나 편견에 「부림을 받는 자」.

*마음 한 구석이 막히어 이치를 모르게 되는 근거를 설명한다. 마음이 막히는 이유는 자기만을 아는 편견 때문에 생긴다. 그릇된 질투 때문에 남의 올바른 것은 듣고 보려 들지 않는다. 그렇기 때문에 이런 사람은 올바르게 될 줄 모른다. 임금이나 백성들이 모두 이처럼 편견에 사로잡히어 올바른 도리를 모른다면 얼마나 슬픈 일이겠느냐는 것이다.

2.

옛날 임금 중의 마음이 가려졌던 사람으로는 하(夏)나라의 걸(桀)왕과 은(殷)나라의 주(紂)왕이 있다. 걸왕은 애희(愛姬)인 말희(末喜)와 간신 사관(斯觀)에게 가리워서 충신 관용봉(關龍逢)을 알아보지 못하였으며, 그의 미혹된 마음으로써 그의 행동을 어지럽게 하였던 것이다. 주왕은 애희 달기(妲己)와 간신 비렴(飛廉)에게 가리워져 충신 미자계(微子啓)를 알아보지 못하였으며, 미혹된 그의 마음으로 그의 행동을 어지럽게 하였던 것이다.

그러므로 여러 신하들은 충성을 버리고 사사로이 섬기었으며, 백성들은 옳지 않음을 원망하면서 일하지 않았으며, 어진 사람들은 물러나 살면서 숨고 도망하였다. 이것이 그들이 구주(九州)의 땅을 잃어버리고 종묘(宗廟)를 지켜온 나라를 망치게 된 원인인 것이다. 걸왕은 정산(亭山)에서 죽었고, 주왕은 머리가 붉은 깃대에 매달렸었다. 자신도 먼저 알지 못하였거니와 사람들도 또한 아무도 간하여 주지 않았었으니 이것은 가리워지고 막히어진 데서 온 재난이었다.

은나라 탕(湯)임금은 하나라 걸왕을 거울삼았으니, 그의 마음에 올바른 중심을 세워 신중히 다스렸다. 그리하여 오랫동안 어진 이윤(伊尹)을 등용하고 자신도 도리를 잃지 않을 수가 있었던 것이다. 이것이 그가 하나라 임금을 대신하여 구주(九州)를 물려받을 수 있었던 까닭인 것이다.

주(周)나라 문왕(文王)은 은나라 주왕을 거울삼았으니, 그의 마음에 올바른 중심을 세워 신중히 다스렸다. 그리하여 오랫동안 여망(呂望)을 등용하고 자신도 도리를 잃지 않을 수가 있었던 것이다. 이것이 그가 은나라 임금을

대신하여 구주(九州)를 물려받을 수 있었던 까닭인 것이
다.

　昔人君之蔽者, 夏桀, 殷紂是也. 桀蔽於末喜·斯
觀, 而不知關龍逢, 以或其心, 而亂其行. 紂蔽於妲
己·飛廉, 而不知微子啓, 以或其心, 而亂其行.

　故羣臣, 去忠而事私, 百姓, 怨非而不用, 賢良, 退
處而隱逃. 此其所以喪九牧之地, 而虛宗廟之國也.
桀死於亭山, 紂縣於赤旆, 身不先知, 人又莫之諫,
此蔽塞之禍也.

　成湯監於夏桀, 故主其心而愼治之, 是以能長用伊
尹而身不失道, 此其所以代夏王而受九有也.

　文王監於殷紂, 故主其心而愼治之, 是以能長用呂
望而身不失道, 此其所以代殷王而受九牧也.

- 末喜(말희) : 妹嬉(말희)로도 쓰며, 걸왕은 그의 용모에 반하
　여 정치를 돌보지 않았다 한다.
- 斯觀(사관) : 걸왕의 간신임에는 틀림없겠으나, 그의 생애에
　대한 기록은 남아 있지 않다.
- 關龍逢(관용봉) : 豢龍逢(환용봉)이라고도 부르며, 걸왕의 충
　신으로 그의 잘못을 간하다가 걸왕에게 죽음을 당한 사람.

- 妲己(달기) : 주왕은 달기란 애희(愛姬)에게 반하여 그의 환심을 사려고 난행(亂行)을 일삼았다 한다.
- 飛廉(비렴) : 주왕의 간신.
- 微子啓(미자계) : 주왕의 서형(庶兄). 주나라 무왕(武王)이 은나라를 쳐부순 다음에 그를 송(宋)나라에 봉하였다.
- 九牧(구목) : 중국에는 옛날에 아홉 주(州)가 있었고, 한 주에 주목(州牧)이 있어 그것을 다스렸다. 따라서 九牧은 중국 땅 전체인 구주(九州)를 다스리는 사람들이다.
- 亭山(정산) : 지금의 안휘성(安徽省) 화현(和縣) 서북쪽에 있는 산 이름. 역양산(歷陽山)이라고도 부른다.
- 縣(현) : 懸과 통하여 「목이 매어달리는 것.」
- 赤旆(적패) : 붉은 깃대. 사기(史記)에는 무왕(武王)이 주(紂)를 친 다음 그의 머리를 태백기(太白旗)에 매어달았다고 하였다.
- 蔽塞(폐색) : 마음이 가려지고 막히는 것. 콱 막히는 것.
- 成湯(성탕) : 은나라 탕임금은 성업(聖業)을 이룩한 분이라 하여 흔히 「成湯」이라 부른다.
- 監(감) : 鑑(감)과 통하여 「거울삼는다」.
- 伊尹(이윤) : 탕임금을 도와 천하를 통일케 한 어진 재상.
- 九有(구유) : 구목(九牧)이 다스리는 땅. 구주(九州).
- 呂望(여망) : 여상(呂尙), 태공망(太公望), 강태공(姜太公) 등으로도 부르며, 본성은 강(姜)씨, 선조가 여(呂)땅에 봉해졌대서 성 대신 부르기도 한다. 만년에 위수(渭水) 가에 낚시를 물에 드리우고 있다가 문왕에게 발견되어 그의 재상이 되었

다. 본명은 상(尚)이나 문왕이 「나의 태공(太公)께서 당신을
바란지 오래다.」(吾太公望子久矣.) 말했대서, 태공망(太公
望)이라 부르게 되었다. 뒤에 무왕이 은나라를 쳐부수는 데
에도 태공망의 도움이 매우 컸었다.

*여기에선 마음이 가리워졌던 임금의 예로 하(夏)나라 걸왕
과 은(殷)나라 주왕을 들고, 마음이 탁 트였던 예로 은(殷)나라
탕임금과 주(周)나라 문왕을 들고 있다. 임금이 마음이 가려져
올바른 도리를 분간 못하면 나라를 망치게 되고, 마음이 트여
올바로 정치를 하면 천하를 통일하게 된다는 것이다.

3.

옛날 여러 나라를 유세(遊說)하며 마음이 가려졌던 사
람으로는, 다음의 어지러운 학파(學派)들이 있다.

묵자(墨子)는 실용(實用)에 가려서 문식(文飾)을 하지 못
하였고, 송자(宋子)는 욕망(欲望)에 가려서 소망을 얻는
것을 알지 못하였고, 신자(愼子)는 법에 가려서 현명한 것
을 알지 못하였고, 신자(申子)는 권세에 가려서 지혜를 알
지 못하였고, 혜자(惠子)는 말에 가려서 실속을 알지 못하
였고, 장자(莊子)는 자연에 가려서 사람을 알지 못하였다.

그러므로 실용을 좇는 것을 도(道)라고 한다면 실리(實利)만을 다하게 될 것이고, 욕망을 좇는 것을 도라고 한다면 유쾌함만을 다하게 될 것이고, 법을 좇는 것을 도라고 한다면 술수(術數)만을 다하게 될 것이고, 권세를 좇는 것을 도라고 한다면 편의(便宜)만을 다하게 될 것이고, 말을 좇는 것을 도라고 한다면 논의(論議)만을 다하게 될 것이고, 자연을 좇는 것을 도라고 한다면 되어 가는 대로 다하게 될 것이다. 이 몇 가지의 것은 모두 도의 한 모퉁이인 것이다.

도라는 것은 일정함을 본체(本體)로 하여 변화를 다하는 것이니, 한 모퉁이로는 그것을 다 드러낼 수가 없는 것이다. 일부분만을 아는 사람은 도의 한 모퉁이만을 보는 것이어서 그것을 알 수가 없는 것이다. 그러므로 자신은 충분하다고 생각하고, 이론을 꾸미면 안으로는 스스로를 어지럽히고 밖으로는 남을 미혹시키며, 위에서는 아랫사람들을 막히게 하고, 아래에서는 윗사람들을 막히게 하는 것이다. 이것이 마음이 가리워지고 막혀진 재난인 것이다.

공자께서는 어질고도 지혜로우시며 또한 가리워지지 아니하셨었다. 그러므로 다스리는 술법을 배우서서 족히 옛 임금들과 같게 되실 만한 분이었다. 그분은 한 학파로써 주(周)나라를 다스리는 도를 터득하였으니, 드러내어 그것을 쓴다면 도를 실행함에 막힘이 없을 것이다. 그러므로 그분의 덕은 주공(周公)과 같은 명성을 얻으셨고, 우(禹)임금·탕(湯)임금·문왕(文王)의 세 임금과 나란히 하게 되었다. 이것이 마음이 가려지지 않은 복이다.

昔賓孟之蔽者, 亂家是也.

墨子蔽於用而不知文, 宋子蔽於欲而不知得, 愼子蔽於法而不知賢, 申子蔽於埶而不知知, 惠子蔽於辭而不知實, 莊子蔽於天而不知人.

故由用謂之道, 盡利矣, 由俗謂之道, 盡嗛矣, 由法謂之道, 盡數矣, 由埶謂之道, 盡便矣, 由辭謂之道, 盡論矣, 由天謂之道, 盡因矣. 此數具者, 皆道之一隅也.

夫道者, 體常而盡變, 一隅不足以擧之. 曲知之人, 觀於道之一隅, 而未之能識也. 故以爲足而飾之, 內以自亂, 外以或人, 上以蔽下, 下以蔽上. 此蔽塞之禍也.

孔子仁知且不蔽. 故學亂術, 足以爲先王者也. 一

家得周道, 擧而用之, 不蔽於成積也. 故德與周公齊, 名與三王竝. 此不蔽之福也.

- 賓孟(빈맹) : 孟은 萌(맹)과 통하여 「사람들」. 賓孟은 여러 나라를 손님으로서 찾아다니며, 그 임금들을 자기 경륜으로 설복시키는 사람들, 곧 유세(遊說)하는 사람들(兪樾說 荀子集解).
- 亂家(난가) : 어지러운 설을 주장하는 여러 학파들.
- 墨子(묵자) : 묵자. 宋子(송자), 愼子(신자), 惠子(혜자)는 앞의 비십이자편(非十二子篇)을 참조할 것.
- 文(문) : 문식(文飾). 겉치장. 겉모양과 행동의 아름다운 수식.
- 蔽於欲(폐어욕) : 송자가 「사람의 정욕(情欲)은 적어서 많아지려 하지 않으니, 다만 그가 바라는 대로만 맡겨두면 스스로 다스려질 것이다.」(人之情欲募而不欲多, 但任其所欲則自治也.)고 한 말에 근거한 것임.
- 申子(신자) : 전국시대 한(韓)나라의 신불해(申不害). 그는 법으로 신하들을 부리는 방법을 논하여 법가(法家)인 한비자(韓非子)에게 많은 영향을 주었다.
- 莊子(장자) : 장주(莊周). 전국시대의 사상가로서 도가(道家)의 대표적인 인물. 그의 저서로 「장자」 52여 편이 있다. 여기서는 그의 「무위자연설(無爲自然說)」을 비판한 것이다.
- 天(천) : 천연(天然), 자연(自然).
- 俗(속) : 欲(욕)의 잘못(楊倞注).

- 嗛(겸) : 慊(겸)과 통하여 「유쾌한 것」.

- 數(수) : 술수(術數). 묘한 술법.

- 因(인) : 되어가는 대로 자연에 「맡겨두는 것」.

- 體常(체상) : 일정하고 질서 있는 본체(本體).

- 曲知(곡지) : 한 모퉁이만 아는 것.

- 飾之(식지) : 자기 이론을 체계가 서도록 꾸미는 것.

- 亂術(난술) : 亂은 본시 어지러움과 다스림의 두 가지 뜻이 있다. 여기서는 「올바로 다스리는 술법」.

- 一家(일가) : 공자가 춘추(春秋)라는 그 시대의 역사를 저술하여 한 학파(學派)로서의 견해를 이룬 것.

- 周道(주도) : 주(周)나라를 다스리는 도. 이것도 「춘추」를 저술한 공자의 주지(主旨 : 뜻)를 가리킨다.

- 成積(성적) : 도 전체를 실행하는 것.

- 三王(삼왕) : 하(夏)나라의 우(禹)임금, 은(殷)나라의 탕(湯)임금, 주(周)나라의 문왕(文王).

*유가를 제외한 제자백가(諸子百家)들의 학설이 마음 한구석이 막힌 데서 비롯된 비뚤어진 것임을 비평하였다. 그리고 유가의 창시자인 공자는 마음이 막히지 않은 분이어서 올바른 도리로 세상을 가르치셨다는 것이다.

임금·신하(여기서는 생략)의 뒤를 이어, 여기서는 사상가들이 마음이 막히면 어떻게 되는가를 설명한 것이다.

4.

무릇 물건을 보매 의심이 있어서 마음이 안정되지 않으면, 곧 바깥 물건들이 분명히 보이지 않게 된다. 내 생각이 분명하지 않으면, 곧 그렇고 그렇지 않다고 결정 지을 수가 없는 것이다.

어둠 속을 가는 사람이 가로놓인 바위를 보고서 엎드려 있는 호랑이라고 생각하고, 서 있는 나무 숲을 보고서 서 있는 사람이라고 생각하는 것은, 어둠이 그의 시력(視力)을 가리기 때문이다. 술 취한 사람이 백 발자국의 큰 수로(水路)를 건너고서는 반 발자국의 도랑이라고 생각하고, 몸을 숙이고 성문을 나와서는 조그만 문이라고 생각하는 것은, 술이 그의 정신을 어지럽혔기 때문이다. 눈을 손으로 누르고 물건을 보면 한 개가 두 개처럼 보이고, 귀를 막고 소리를 들으면 조용한 소리가 시끄러운 듯이 들리는 것은 형세가 그의 감관(感官)을 어지럽혔기 때문이다.

그러므로 산 위에서 아래의 소를 바라보면 양처럼 보이는데, 양을 찾는 사람이 내려가 그것을 끌고 가려 하지 않는 것은 먼 거리가 큰 모양을 가렸기 때문이다. 산 밑에서 위의 나무를 바라보면 열 길이나 되는 나무가 젓가락처럼 보이는데, 젓가락을 찾는 사람이 올라가 꺾으려 하지 않는 것은 높이가 그 길이를 가렸기 때문이다.

물이 움직이면 거기에 비친 그림자도 움직이는데, 사람들은 그 그림자를 보고서 아름답다거나 보기 싫다고 결단을 내리지 않는 것은 물의 형세가 눈을 어른거리게 하기 때문이다. 장님은 하늘을 쳐다보아도 별이 보이지 않는데, 사람들은 그것으로써 별이 있고 없음을 결정하지 않는 것은 시력(視力)이 없기 때문이다. 어떤 사람이 이런 때에 그 물건들에 대한 결단을 내린다면, 곧 그는 세상의 어리석은 자이다. 어리석은 자가 물건에 대한 결단을 내리는 것과 의심나는 것으로써 그 의심에 대한 결단을 내리는 것이니, 그 결단은 반드시 합당하지 않을 것이다. 진실로 합당하지 않다면 어찌 잘못이 없을 수가 있겠는가?

凡觀物有疑, 中心不定, 則外物不淸. 吾慮不淸, 則未可定然否也.

冥冥而行者, 見寢石以爲伏虎也, 見植林以爲後人也, 冥冥蔽其明也, 醉者越百步之溝, 以爲蹞步之澮也, 俯而出城門, 以爲小之閨也, 酒亂其神也. 厭目

而視者, 視一以爲兩, 掩耳而聽者, 聽漠漠而以爲哅
哅, 埶亂其官也.

故從山上望牛者, 若羊, 而求羊者, 不下牽也, 遠
蔽其大也. 從山下望木者, 十仞之木若箸, 而求箸者,
不上折也, 高蔽其長也.

水動而景搖, 人不以定美惡, 水埶玄也. 瞽者仰視
而不見星, 人不以定有無, 用精惑也. 有人焉, 以此
時定物, 則世之愚者也. 彼愚者之定物, 以疑決疑,
決必不當. 夫苟不當, 安能無過乎?

- 淸(청) : 맑게 보이는 것, 분명하게 보이는 것.
- 然否(연부) : 그렇고 그렇지 않음.
- 冥冥(명명) : 어두움.
- 寢石(침석) : 가로 놓인 바위.
- 植林(식림) : 서 있는 나무 숲.
- 後人(후인) : 後는 立(입)의 잘못, 따라서 「서 있는 사람」.
- 溝(구) : 큰 수로(水路).
- 蹞步(규보) : 반 발자국. 반걸음.
- 澮(회) : 조그만 도랑.
- 閨(규) : 집의 작은 문.
- 厭(압) : 누르는 것, 壓(압)과 같은 것.
- 漠漠(막막) : 소리가 안 나고 조용한 것.

- 啕啕(흉흉) : 시끄러운 것, 소란한 것.
- 官(관) : 감각 기관(器官).
- 牽(견) : 끄는 것.
- 仞(인) : 여덟 자가 일 인, 따라서 한 발 정도(옛날 한 자는 지금 자보다 짧았다).
- 箸(저) : 젓가락.
- 景(영) : 影(영)과 같은 자로 「그림자」.
- 玄(현) : 眩(현)과 통하여 「눈이 어른거리는 것」.
- 瞽(고) : 장님.
- 精(정) : 시력(視力).
- 惑(혹) : 미혹되다, 시력이 없다.

＊사람의 마음이 가리워지고 막혀지는 데에는 여러 가지 이유가 있다. 주위의 사정이 정확한 판단을 내리기 어렵게 할 경우도 있고, 그의 감각이 모자랄 경우도 있다. 어떻든 이러한 불완전한 여건(與件)에서 자기도 잘 모르는 체 어떤 판단을 내린다는 것은 어리석은 짓이라는 것이다. 남의 윗자리에 있는 사람은 물론 누구든 이러한 판단을 가지고 남의 앞에 나서서는 안될 것이다.

순자

제16권

22. 정명편正名篇

　여기의 명(名)은 「이름」, 「명칭」, 「명분」의 여러 가지 뜻을 포함한 말이다. 이러한 「명칭」을 바로잡는다는 것은 올바른 사고(思考)와 논리를 세운다는 뜻이 있다. 전국시대에는 궤변(詭辯)을 잘하는 「명가(名家)」라는 논리적인 학파가 있어서, 이 편은 그러한 비과학적인 경향을 부정하려는 순자의 논리학의 집성(集成)인 것이다. 여기에는 「명칭」에 대한 순자의 기본 태도를 서술한 앞부분을 번역하였다.

1.

후세의 임금들이 명칭(名)을 완성시킴에 있어서 형벌에 관한 명칭은 상(商)나라를 따랐고, 작위(爵位)에 관한 명칭은 주(周)나라를 따랐고, 문식(文飾 : 겉치레)에 관한 명칭도 주나라의 예를 따랐고, 만물에 붙여진 여러 가지 명칭은, 곧 중원(中原) 여러 나라의 옛 습속(習俗)을 따르고 먼 풍속이 다른 고장의 명칭에도 모두 들어맞도록 하여, 곧 그렇게 함으로써 통용되게 하였다.

사람에 관한 여러 가지 명칭은 나면서 그렇게 되어 있는 것을 본성(性)이라 말하고, 나면서 조화되어 생겨난 것이 안의 정기(精氣)와 합쳐지고 밖의 감각과 호응하여 애쓰지 아니하여도 스스로 그러한 것도 또한 본성이라고 한다.

본성으로부터 나타나는 좋아함과 싫어함, 기쁨과 노

여움, 슬픔과 즐거움을 감정(情)이라고도 말한다. 감정은 그러하지만 마음이 그것을 선택하면 그것을 생각(慮)이라 말한다. 마음이 생각하여 능력이 그렇게 움직이게 하는 것을 작위(作爲)라 말한다. 생각이 쌓이고 능력이 익숙하여진 다음에 이루어지는 것을 인위(人爲)라 말한다.

이익을 올바르게 추구하는 것을 사업(事業)이라 말한다. 의(義)로움을 올바르게 추구하는 것을 행위(行爲)라 말한다. 사람에게 있어서 지각(知覺)의 원인이 되는 것을 앎(知)이라 말하며, 앎이 모여 있는 것을 지혜(智)라 말한다. 사람에게 있어서 지혜가 할 수 있는 원인이 되는 것을 재능(才能)이라 말하며, 재능이 합쳐져 있는 것을 능력(能力)이라 말한다.

본성이 상하는 것을 병(病)이라 말한다. 우연한 때에 당하는 것을 운명(運命)이라 말한다.

이것이 사람에 관한 여러 가지 명칭이며, 후세의 임금들이 완성시킨 명칭인 것이다.

後王之成名, 刑名從商, 爵名從周, 文名從禮, 散名之加於萬物者, 則從諸夏之成俗, 曲期遠方異俗之鄉, 則因之而爲通. 散名之在人者, 生之所以然者,

謂之性, 性之和所生, 精合感應, 不事而自然, 謂之性.

性之好惡喜怒哀樂, 謂之情, 情然而心爲之擇, 謂之慮. 心慮而能爲之動, 謂之僞, 慮積焉, 能習焉, 而後成, 謂之僞. 正利而爲, 謂之事, 正義而爲, 謂之行. 所以知之在人者, 謂之知, 知有所合, 謂之智, 智所以能之在人者, 謂之能, 能有所合, 謂之能.

性傷, 謂之病. 節遇, 謂之命. 是散名之在人者也, 是後王之成名也.

- 後王(후왕) : 후대인 근세의 어진 임금들.
- 商(상) : 은(殷)나라의 옛 칭호. 서경 주서(周書) 강고(康誥)에 「은나라의 형벌엔 질서가 있었다(殷罰有倫).」는 기록이 있기는 하나, 은나라의 형법이 발달했었다는 다른 특별한 기록은 없다.
- 爵名(작명) : 여러 제후들의 작위(爵位)의 명칭과 함께 관명(官名)까지도 포함된다.
- 禮(예) : 주(周)나라 의례(儀禮), 주나라의 일반적인 예의(楊倞注).
- 散名(산명) : 여러 가지 일반 명사(名辭).
- 諸夏(제하) : 夏는 중원(中原) 땅. 따라서 「황하 유역을 중심으로 한 중원 땅의 여러 나라들」.

- 成俗(성속) : 이미 이룩되어 있는 습속(習俗). 옛 습속.
- 曲期(곡기) : 모두 다 들어맞게 하는 것(王先謙說 荀子集解).
- 精合(정합) : 사람 내부의 정기(精氣)가 합쳐지는 것.
- 感應(감응) : 밖으로 사람의 감각이 호응하는 것.
- 自然(자연) : 스스로 그러한 것. 지금의「자연」이란 말과는 뜻이 다르다.
- 僞(위) : 爲(위)와 통하여, 앞의 僞는「작위(作爲)」, 뒤의 것은「인위(人爲)」.
- 能(능) :「謂之能」의 앞의 能은 타고난「재능(才能)」, 뒤의 能은 후천적으로 익히어 얻어진「능력(能力)」.
- 節遇(절우) : 우연한 때에 당하는 것.

  * 여기서는 올바른 명칭의 개념을 주로 사람에 관한 예를 들어 설명하고 있다. 명칭에 대한 개념이 정확하여야만 올바른 논리(論理)가 성립될 수 있기 때문이다.

2.

그러므로 왕자가 명칭을 제정하면 명칭이 정하여짐으로써 실물(實物)들이 분별되고, 그리하여 올바른 도가 행하여지고 뜻이 통하게 되면, 곧 신중히 백성들을 다스리어 한결같은 생각을 같게 만드는 것이다. 그러므로 말을 분석하여 멋대로 명칭을 만듦으로써 올바른 명칭을 혼란시키어 백성들로 하여금 의혹(疑惑)을 지니게 하면, 사람들은 논쟁과 소송(訴訟)을 많이 하게 될 것이니, 곧 이런 것을 두고서 크게 간악한 자(大姦)라 말하는 것이며, 그의 죄는 사신(使臣)의 증표(證標)인 부절(符節)이나 도량형기(度量衡器)를 멋대로 만든 것과 같다.

그러므로 그의 백성들이 감히 기이(奇異)한 말에 기탁(寄託)하여 올바른 명칭을 혼란시키지 않는다면, 그로 인하여 그 백성들은 성실하여지고 성실하면 곧 부리기가 쉽고, 부리기 쉬우면 공적(功績)을 올리게 된다. 그의 백성들이 감히 기이한 말에 기탁하여 올바른 명칭을 혼란시키지 않는다면 그로 인하여 한결같이 법을 따르고 명령을 지키는데 삼갈 것이다. 이렇게 된다면 그의 다스리는 실적(實績)은 오래갈 것이다. 실적이 오래 가고 공적(功績)이 이룩되는 것은 다스림의 극치이며, 그것은 명칭의 약속을 삼가 지킨 공인 것이다.

지금은 성왕(聖王)들이 돌아가시어 이름을 지키는 일을 소홀히 하고 기이한 말들이 생겨나 명칭과 실물이 혼란스러우며 옳고 그른 형상이 분명치 않으니, 비록 법을 지키는 관리나 올바른 가르침을 외우는 유가(儒家)라 하더라도 역시 모두 혼란을 일으키고 있는 것이다.

만약 어떤 왕자가 출현한다면 반드시 옛 명칭을 따르기도 하고 새로운 명칭을 만들기도 할 것이다. 그러니 명칭이 있게 되는 필요성과 그것을 따라 같고 다른 것을 구별하게 되는 근거와 명칭을 제정하는 기본 원칙에 대하여 잘 살피지 않으면 안될 것이다.

故王者之制名, 名定而實辨, 道行而志通, 則愼率民而一焉故析辭擅作名, 以亂正名, 使民疑惑, 人多辨訟, 則謂之大姦, 其罪猶爲符節度量之罪也.

故其民, 莫敢託爲奇辭, 以亂正名, 故其民慤, 慤則易使, 易使則公. 其民莫敢託爲奇辭, 以亂正名, 故壹於道法, 而謹於循令矣. 如是則其迹長矣. 迹長功成, 治之極也, 是謹於守名約之功也.

今聖王沒, 名守慢, 奇辭起, 名實亂, 是非之形不明, 則雖守法之吏, 誦數之儒, 亦皆亂也.

若有王者起, 必將有循於舊名, 有作於新名. 然則所爲有名, 與所緣以同異, 與制名之樞要, 不可不察也.

• 析辭(석사) : 말을 잘게 분석하는 것.

- 擅(천) : 멋대로.
- 辨訟(변송) : 논쟁(論爭)과 소송(訴訟).
- 符節(부절) : 옛날에 사신으로 멀리 가는 사람이 그의 신분을 증명하기 위하여 지니고 가던 신표(信標).
- 慤(곡) : 성실한 것.
- 易使(이사) : 부리기 쉬운 것.
- 公(공) : 功(공)이 옳으며(顧千里說 荀子集解), 공적을 올리는 것.
- 道法(도법) : 법을 따라 행동하는 것.
- 迹(적) : 정치의 실적(實績).
- 慢(만) : 게을리하는 것. 소홀히 하는 것.
- 誦數(송수) : 數는 說(설)의 뜻으로 올바른 학설, 따라서 「올바른 가르침을 외우는 것」.
- 所爲(소위) : 그 때문에 있게 되는 바, 필요성.
- 所緣(소연) : 따르게 되는 바, 따르는 근거.
- 樞要(추요) : 기본. 기본 요건.

*명칭이 통일되어야만 백성들의 사고(思考)도 통일되어 임금은 올바른 정치를 할 수 있게 된다. 명칭이 혼란을 일으키면 백성들은 자연히 그들의 사고와 행동에도 혼란을 일으키게 된다. 따라서 나라를 올바로 다스리자면 먼저 여러 가지 명칭을 제정하여야만 한다는 것이다. 이처럼 명칭의 중요성을 역설하는 것은 이 시대 논리학(論理學)의 정설(定說)이었다. 「논어」에

공자의 제자가 스승에게 「만약 정치를 하시게 되면 무엇부터 하시겠습니까?」 하고 물었다. 공자는 「반드시 명칭부터 바로잡을 것이다.」고 대답하였다.

순자

제17권

23. 성악편性惡篇

　　인간의 본성(本性)은 악하다는 순자의 독특한 이론으로, 같은
유가인 맹자(孟子)의 성선설(性善說)과 대조되어 유명하다. 순자의
정치사상이나 예의 존중 같은 학설이 모두 이「성악설」에 기초를
두고 있다고 하여도 과언이 아님으로, 순자의 독특한 사상을 이
해하기 위해서는 정독(精讀)을 해야만 할 중요한 편이다. 이「성악
설」때문에 순자는 후세 유가들에 의하여 유학의 정통(正統)에서
제외되고 있는 것이다.

1.

사람의 본성은 악한 것이니, 그것이 선(善)하다고 하는 것은 거짓인 것이다. 지금 사람들의 본성은 나면서부터 이익을 좋아하는데, 이것이 좋기 때문에 다투고 뺏고 하는 일이 생기며 사양함이 없어지는 것이다. 사람은 나면서부터 질투하고 미워하고 하는데, 이것을 좇기 때문에 남을 상하게 하고 해치는 일이 생기며, 충성과 신용이 없어지는 것이다. 사람은 나면서부터 귀와 눈의 욕망이 있어서 아름다운 소리와 빛깔을 좋아하는데, 이것을 좇기 때문에 음란한 행동이 생기고 예의와 아름다운 형식이 없어지는 것이다.

그러니 사람의 본성을 따르고 사람의 감정을 좇는다면 반드시 다투고 뺏고 하게 되며, 분수를 어기고 이치를 어지럽히게 되어 난폭함으로 귀결되게 될 것이다. 그러

므로 반드시 스승과 법도에 의한 교화와 예의의 교도(敎
導)가 있어야 하며, 그런 뒤에야 서로 사양하게 되고 아름
다운 형식을 갖게 되어 다스림으로 귀결되게 될 것이다.
이런 것을 가지고 본다면, 그러니 사람의 본성이 악하다
는 게 분명하고, 그것이 선하다는 것은 거짓인 것이다.

人之性惡, 其善者僞也. 今人之性, 生而有好利焉,
順是, 故爭奪生而辭讓亡焉, 生而有疾惡焉, 順是,
故殘賊生而忠信亡焉. 生而有耳目之欲, 有好聲色
焉, 順是, 故淫亂生而禮義文理亡焉.

然則從人之性, 順人之情, 必出於爭奪, 合於犯分
亂理, 而歸於暴. 故必將有師法之化, 禮義之道, 然
後出於辭讓, 合於文理, 而歸於治. 用此觀之, 然則
人之性惡明矣, 其善者僞也.

- 疾惡(질오) : 疾은 嫉(질)과 통하여 「질투하고 미워하고 하는
  것」.
- 殘賊(잔적) : 남을 상하게 하고 해치고 하는 것.
- 犯分(범분) : 자기의 분수를 어기는 것.
- 道(도) : 禮義之道의 道는 導(도)와 통하여 「교도(敎導)」, 「인
  도」, 「지도」의 뜻.

*사람들이 누구나가 지니고 있는 자기 중심의 욕망과 감정을 근거로 하여 사람의 본성은 악하다는 것이다. 이러한 근거에 있어서는 맹자(孟子)가 사람이 본시부터 지니고 있는 동정심이나 사랑 등을 근거로 하여 「성선설(性善說)」을 주장한 것과 우열(優劣)을 가리기 힘들다. 그러나 이러한 「성악」 또는 「성선」을 바탕으로 하여 사람들을 다스리는 방법을 논하게 되면 결과적으로는 큰 차이가 생긴다. 본성이 악하다는 사람은 교육과 법을 통하여 예의와 충성·믿음 같은 덕을 억지로라도 가르치려 들 것이고, 본성이 선하다는 사람은 법이나 예의를 통한 규제(規制)보다는 사람의 훌륭한 본성과 감정을 순수한 채로 잘 발전시키려 할 것이기 때문이다.

2.

  그러므로 굽은 나무는 반드시 댈나무를 대고 쪄서 바로잡은 뒤에라야 곧아지며, 무딘 쇠는 반드시 숫돌에 간 뒤에라야 날카로워지듯이, 지금 사람의 본성이 악한 것은 반드시 스승과 법도의 가르침이 있은 뒤에라야 올바르고, 예의의 규제(規制)를 받은 뒤에라야 다스려지는 것이다.

  지금 사람들에게 스승과 법도가 없다면 편벽되고 음

험하여 바르지 않을 것이며, 예의가 없다면 곧 이치에 어긋나는 어지러운 짓을 하여 다스려지지 않을 것이다. 옛날 성왕(聖王)께서는 사람들의 본성은 악하기 때문에 편벽되고 음험하여 바르지 않으며, 이치에 어긋나는 이지러운 짓을 하여 다스려지지 않는다고 생각하였기 때문에, 그래서 이를 위하여 예의를 만들고 법도를 제정하여 사람들의 감정과 본성을 바로잡고 수식함으로써 이를 올바르게 하셨으며, 사람들의 감정과 본성을 길들이고 교화함으로써 이를 올바로 인도하였다. 이에 비로소 모두 잘 다스려지게 되고 도리에 맞는 행동을 하게 된 것이다.

지금 사람들은 스승과 법도에 교회되고 학문을 쌓고 있고 예의를 실천하고 있는 사람을 군자라 하고, 본성과 감정을 멋대로 버려두고, 멋대로 행동하는 데 안주하고 예의를 어기는 자를 소인이라 한다. 이로써 본다면, 그러니 사람의 본성은 악함이 분명하며, 그것이 선하다는 것은 거짓인 것이다.

故枸木, 必將待櫽栝烝矯然後直, 鈍金必將待礱厲然後利今人之性惡, 必將待師法然後正, 得禮義然後治.

今人無師法, 則偏險而不正, 無禮義, 則悖亂而不
治. 古者聖王, 以人之性惡, 以爲偏險而不正, 悖亂
而不治, 是以爲之起禮義, 制法度, 以矯飾人之情性
而正之, 以擾化人之情性而導之也. 始皆出於治, 合
於道者也.

今之人, 化師法, 積文學, 道禮義者爲君子, 縱性
情, 安恣睢, 而違禮義者爲小人. 用此觀之, 然則人
之性惡明矣, 其善者僞也.

- 枸(구) : 굽은 것.
- 檃栝(은괄) : 댈나무. 휘어진 나무를 바로잡기 위하여 대는
  나무.
- 烝矯(증교) : 나무를 불로 쪄서 부드럽게 한 다음 바로잡는
  것.
- 鈍(둔) : 둔한 것, 무딘 것.
- 礱厲(농려) : 숫돌에 가는 것. 厲는 礪(려)와 같은 자.
- 偏險(편험) : 편벽되고 음험한 것.
- 悖(패) : 도리를 어기는 것.
- 擾(요) : 잘 길들이는 것.
- 文學(문학) : 넓은 뜻의「학문」, 지금의 문학이란 말과는 뜻이
  다르다.
- 縱(종) : 방종한 것, 멋대로 버려두는 것.
- 恣睢(자휴) : 멋대로 행동하다.

* 사람들의 본성은 악하기 때문에 그대로 버려두면 바르지 못하고 다스려지지 않게 된다. 그리하여 스승과 법도로써 사람들을 교화시켜 바로잡아야만 하고, 예의로써 행동을 규제하여 잘 다스려지도록 하여야 한다. 옛날 성왕들이 예의와 법도를 제정한 것도 그 때문이다. 따리서 사람의 본성이 악하다는 것은 분명한 일임을 다시 한 번 강조한다.

3.

맹자는,

「사람이 배우는 것은 그의 본성이 선하기 때문이다.」고 말하였다. 내 생각으론 그렇지 않다. 그것은 사람의 본성을 제대로 알지 못하여, 사람의 본성과 작위(作爲)의 구분을 잘 살피지 못한 때문이다.

본성이란 것은 하늘로부터 타고 난 것이어서 배워서 행하게 될 수 없는 것이며, 노력으로 이루어질 수 없는 것이다. 예의란 것은 성인이 만들어낸 것이어서, 배우면 행할 수 있는 것이며, 노력을 하면 이루어질 수 있는 것이다. 배워서 행할 수 없고 노력하여 이루어질 수 없는데도 사람이 지니고 있는 것, 그것을 본성이라 말하고, 배우면 행할 수 있고 노력하면 이루어질 수 있는 것을 사람이 지니고 있는 것, 그것을 작위(作爲)라고 말하는 것이다. 이것이 본성과 작위의 구분인 것이다.

지금 사람의 본성으로 눈은 볼 수가 있고 귀는 들을 수가 있다. 모든 볼 수 있는 시력(視力)은 눈을 떠나지 않으며, 들을 수 있는 청력(聽力)은 귀를 떠나지 않는다. 눈은 시력이 있고 귀는 청력이 있는데, 이것은 배워서 될 수가 없는 것들이다.

맹자는,

「지금 사람의 본성은 선한데, 모두 그의 본성을 잃기 때문에 악한 것이다.」

고 말하였다. 나는 그런 말은 잘못으로 안다. 지금 사람을 본성대로 내버려 둔다 하더라도, 그의 질박(質朴)함이 떠나버리고 그의 자질(資質)도 떠나버리어 선한 것을 반드시 잃어버리고 말 것이다. 이로써 본다면, 그러니 사람의 본성이 악하다는 것은 분명하다.

孟子曰, 人之學者, 其性善, 曰, 是不然. 是不及知人之性, 而不察乎人之性僞之分者也.

凡性者, 天之就也, 不可學, 不可事. 禮義者, 聖人之所生也, 人之所學而能, 所事而成者也. 不可學,

不可事, 而在人者, 謂之性, 可學而能, 可事而成之
在人者, 謂之僞. 是性僞之分也.

今人之性, 目可以見, 耳可以聽, 夫可以見之明,
不離目, 可以聽之聰, 不離耳, 目明而耳聰, 不可學
明矣.

孟子曰, 今人之性善, 將皆失喪其性故惡也. 曰,
若是則過矣. 今人之性, 生而離其朴, 離其資, 必失
而喪之. 用此觀之, 然則人之性惡明矣.

- 僞(위) : 爲(위)와 통하여, 후천적인 사람의 작위(作爲).
- 就(취) : 이루어진 것.
- 明(명) : 밝게 보는 시력(視力).
- 聰(총) : 분명히 듣는 청력(聽力).
- 故~也(고야) : …때문에 약해졌음을 뜻한다.
- 朴(박) : 질박, 소박, 곧 맹자가 말하는 선한 본성의 일면.
- 資(자) : 자질. 맹자가 말하는 선한 자질을 뜻함.

*여기서는 맹자의 성선설을 비평하고 있다. 맹자가 성선설
을 주장한 것은 선천적(先天的)인 사람의 본성과 후천적(後天的)
으로 사람의 작위(作爲)에 의하여 얻어진 자질(資質)을 구별하지
못하였기 때문이란 것이다.

사람을 낳은 채로 가만히 내버려 두면 맹자가 말하는 선한

성질이란 하나도 나타나지 않을 것이다. 그러니 사람의 본성은 악한 게 분명하다는 것이다. 이 대목을 통하여, 순자는 이미 같은 유가로서 맹자에 대하여 경쟁 의식을 지니고 있었던 것같이 생각된다.

4.

이른바 「성선설(性善說)」이란 것은 본래의 질박함이 떠나지 않음으로써 아름답고, 자질이 떠나지 않음으로써 이로운 것이라고 하는 것이다. 자질과 질박함의 아름다움과 마음과 뜻의 선함이, 마치 볼 수 있는 시력(視力)이 눈을 떠나지 않고 들을 수 있는 청력(聽力)이 귀를 떠나지 않음으로써 눈은 밝게 볼 수 있고 귀는 분명히 들을 수 있는 것과 같이 생각하려는 것이다.

지금 사람들의 본성은 배고프면 밥을 먹고자 하고, 추우면 따뜻히 하고자 하며, 수고로우면 쉬려 하는데, 이것이 사람의 감정과 본성인 것이다. 지금 사람들이 배가 고파도, 어른을 보면 감히 먼저 먹지 않는 것은 사양하려는 마음이 있기 때문이다. 수고로우면서도 감히 쉬려고 들지 않는 것은 대신 일하려는 마음이 있기 때문이다. 자식이 아버지에게 사양하고 아우가 형에게 사양하며, 자식이 아버지를 대신해 일하고 아우가 형을 대신해서 일하는데, 이 두 가지 행동은 모두 본성에 반대되고 감정에 어긋나는 것이다.

그렇지만 효자의 도리요, 예의의 형식적인 수식인 것이다. 그러므로 감정과 본성을 따르면 곧 사양하지 않게 되며, 사양을 하면 곧 감정과 성격에 어긋나게 된다. 이로써 본다면, 그러니 사람의 본성이 악한 게 분명하며, 그것이 선하다는 것은 거짓인 것이다.

所謂性善者, 不離其朴而美之, 不離其資而利之也. 使夫資朴之於美, 心意之於善, 若夫可以見之明不離目, 可以聽之聰不離耳, 故曰目明而耳聰也.

今人之性, 飢而欲飽, 寒而欲煖, 勞而欲休, 此人之情性也. 今人飢, 見長而不敢先食者, 將有所讓也. 勞而不敢求息者, 將有所代也. 夫子之讓乎父, 弟之讓乎兄, 子之代乎父, 弟之代乎兄, 此二行者, 皆反於性, 而悖於情也.

然而孝子之道, 禮義之文理也. 故順情性則不辭讓矣, 辭讓則悖於情性矣. 用此觀之, 然則人之性惡明矣, 其善者僞也.

• 悖(패) : 위배되는 것, 어긋나는 것.

*「성선설」에 대한 비평이 계속되고 있다. 여기서는 사람의
욕망을 내세워 예의와 대조시켜 이론을 전개하고 있다. 사람이
욕망대로 하고 싶은 대로 행동한다면 예의도 염치도 없게 될
것이다. 자기의 욕망을 누르고 예의를 지키는 것은 사람의 본
성에 어긋나는 짓이다. 욕망 같은 것은 타고난 본성임으로, 사
람의 본성은 악하다는 것이다.

5.
어떤 사람이 묻기를,
「사람의 본성이 악하다면, 곧 예의는 어떻게 생겨났는
가?」
고 물었다. 여기에 다음과 같이 대답하였다.
무릇 예의라는 것은 성인의 작위(作爲)에 의하여 생겨
나는 것이지, 본시 사람의 본성으로부터 생겨나는 것이
아니다. 그러므로 옹기장이(陶人)가 진흙을 쳐서 그릇을
만드는데, 그러니 그릇은 옹기장이의 작위에서 생겨나는
것이지, 본시 사람의 본성으로부터 생겨나는 것이 아니
다. 또 목수(工人)가 나무를 깎아 그릇을 만드는데, 그러

니 그릇은 공인의 작위에 의하여 생겨나는 것이지, 본시 사람의 본성으로부터 생겨나는 것이 아니다.

성인은 생각을 쌓고 작위를 익히어서 그것으로써 예의를 만들어내고 법도를 제정한다. 그러니 예의와 법도 같은 것은 성인의 작위에 의하여 생겨나는 것이지, 본시 사람의 본성으로부터 생겨나는 것이 아니다. 눈이 색깔을 좋아하고, 귀가 소리를 좋아하고, 입이 맛을 좋아하고, 마음이 이익을 좋아하고, 신체와 근육 피부는 상쾌하고 편안함을 좋아하는데, 이것은 모두 사람의 감정과 본성으로부터 생겨나는 것이다. 느끼어서 스스로 그러한 것이니 어떤 일이 있은 뒤에야 생기는 것이 아니다. 느끼어도 그러하지 못하고 반드시 또한 어떤 일이 있은 뒤에야 그렇게 되는 것을 일컬어 「작위에서 생겨난다.」고 말하는 것이다. 이것이 본성과 작위가 생겨나게 하는 것들이 같지 않다는 증거인 것이다. 그러므로 성인께서는 사람들의 본성을 교화시키어 작위를 일으키고, 작위를 일으키어 예의를 만들어내고, 예의를 만들어내어 법도를 제정한다. 그러니 예의와 법도라는 것은 성인이 생겨나게 하는 것이다. 그러므로 성인이 여러 사람들과 같은 것, 곧 성인이 여러 사람들과 다름이 없는 것이 본성이

고, 여러 사람들과는 다르고도 훨씬 뛰어나는 것이 작위
인 것이다.

　問者曰, 人之性惡, 則禮義惡生? 應之曰, 凡禮義
者, 是生於聖人之僞, 非故生於人之性也. 故陶人埏
埴而爲器, 然則器生於工人之僞, 非故生於人之性
也, 故工人斲木而成器, 然則器生於工人之僞, 非故
生於人之性也.

　聖人積思慮習僞故, 以生禮義, 而起法度. 然則禮
義法度者, 是生於聖人之僞, 非故生於人之性也. 若
夫目好色, 耳好聲, 口好味, 心好利, 骨體膚理好愉
佚, 是皆生於人之情性也. 感而自然, 不待事而後生
之者也. 夫感而不能然, 必且待事而後然者, 謂之生
於僞. 是性僞之所生, 其不同之徵也.

　故聖人化性而起僞, 僞起而生禮義, 禮義生而制法
度. 然則禮義法度者, 是聖人之所生也. 故聖人之所
以同於衆, 其不異於衆者性也, 所以異而過衆者, 僞
也.

• 惡生(오생) : 어디에서 생겨나는가?

- 陶人(도인) : 도자기를 만드는 공인, 곧 옹기장이.
- 埏埴(선식) : 진흙(埴)을 쳐서 치대가지고 그릇의 형태를 만드는 것.
- 斲(착) : 깎는 것.
- 骨體膚理(골체부리) : 뼈와 몸과 피부와 살결, 곧 사람의 신체.
- 愉佚(유일) : 유쾌하고 편안한 것.
- 徵(징) : 징험(徵驗). 증거.

　*「사람의 본성이 악하다면 예의는 어떻게 생겨났는가?」하는 설문의 대답으로, 다시 본성과 작위(作爲)를 설명한다. 예의 같은 훌륭한 제도는 성인들이 본성을 변화시키려는 작위에 의하여 생겨난 것이지, 본성 그 자체로부터 생겨난 것은 아니라는 것이다. 따라서 성인과 보통 사람도 본성에 있어서는 다 같은데, 다만 그들의 작위에 있어서, 곧 차이가 나게 된다는 것이다. 예의나 법도 같은 것은 사람의 본성이 선하기 때문이 아니라, 오히려 악하기 때문에 이를 조절하려고 만들어낸 것이라는 것이다.

　6.

　이익을 좋아하고 얻기를 바라는 것은 사람의 감정이

요 본성인 것이다. 예를 들면, 어떤 사람에게 형제가 있는데 재물을 나누어 갖게 되었다고 하자. 이때 다만 감정과 본성을 따른다면 이익을 좋아하고 얻기를 바라기 때문에 그렇게 한다면, 곧 형제가 서로 성내며 다투게 될 것이다. 이때 예의의 형식과 이치에 교화되었다면, 곧 나라 안의 다른 사람들에게라도 사양하게 될 것이다. 그러므로 감정과 본성을 따르면, 곧 형제도 다투게 되고, 예의의 교화를 받으면, 곧 나라 안의 다른 사람들에게라도 사양하게 될 것이다.

무릇 사람들이 선하여지고자 하는 것은 본성이 악하기 때문인 것이다. 얇으면 두터워지기 바라며, 보기 흉하면 아름다워지기 바라고, 좁으면 넓어지기 바라고, 가난하면 부유해지기 바라고, 천하면 귀해지기 바라는데, 진실로 자기 가운데 없는 것은 반드시 밖에서 구하게 되는 것이다. 그러므로 부유하면 재산을 바라지 아니하고 귀하면 권세를 바라지 않는 것이니, 진실로 자기 가운데 가지고 있는 것은 반드시 밖에다 기대를 걸지 않을 것이다. 이렇게 본다면 사람이 선하게 되려고 하는 것은 본성이 악하기 때문인 것이다.

지금 사람들의 본성은 본시 예의가 없음으로 애써 배

워 그것을 지니기를 바라는 것이다. 사람의 본성은 예의를 알지 못하기 때문에 생각을 함으로써 그것을 알게 되기를 바라는 것이다. 그러니 낳은 대로 그대로 있다면, 곧 사람들은 예의가 없을 것이며 예의를 알지 못할 것이다. 사람에게 예의가 없다면, 곧 어지러워질 것이며, 예의를 알지 못한다면, 곧 이치에 어긋나는 짓을 하게 될 것이다. 그러니 낳은 대로 그대로 있다면, 곧 이치에 어긋나고, 어지러워짐이 자기와 함께 있게 될 것이다. 이로써 본다면 사람의 본성이 악하다는 것이 분명하며, 그것이 선하다는 것은 거짓인 것이다.

夫好利而欲得者, 此人之情性也. 假之, 人有弟兄, 資財而分者, 且順情性, 好利而欲得, 若是則兄弟相拂奪矣. 且化禮義之文理, 若是則讓乎國人矣. 故順情性, 則弟兄爭矣, 化禮義, 則讓乎國人矣.

凡人之欲爲善者, 爲性惡也. 夫薄願厚, 惡願美, 狹願廣, 貧願富, 賤願貴, 苟無之中者, 必求於外. 故富而不願財, 貴而不願執, 苟有之中者, 必不及於外. 用此觀之, 人之欲爲善者, 爲性惡也.

今人之性, 固無禮義, 故彊學而求有之也. 性不知

禮義, 故思慮而求知之也. 然則生而已, 則人無禮義, 不知禮義. 人無禮義則亂, 不知禮義則悖. 然則生而已, 則悖亂在己. 用此觀之, 人之性惡明矣, 其善者僞也.

- 假之(가지) : 예를 들면, 비유를 하자면.
- 拂(불) : 艴(불)과 통하여 「성내는 모양」(荀子集解).
- 彊學(강학) : 힘써 배우다, 애써 배우다.
- 生而已(생이이) : 낳은 대로일 따름, 낳은 대로 그대로 둔다면.
- 悖(패) : 이치에 어긋나는 것.

*사람의 본성은 악하다. 자기 이익을 중히 여기고 물건을 얻기를 좋아한다. 따라서 본성대로 두면 형제 사이라도 서로 다투게 되고, 예의로써 본성을 교화시키면 남에게라도 사양할 수 있게 된다.

사람이 선한 짓을 하려 드는 것도 사실은 본성이 악하기 때문이다. 사람이란 가난하면 부자가 되고 싶어하듯이 자기에게 없는 것을 지니려 애쓴다. 사람이 선한 것을 좋아하는 것도 그의 본성이 악하다는 증거가 된다.

사람의 본성에는 예의가 없기 때문에 사람들은 또 이를 알고 이를 지니려 든다. 사람들이 악하지만 질서 있게 살아가는 것은 예의 때문이다. 그러니 사람의 본성이 악한 것은 분명한 일이라는 것이다.

7.

맹자는 말하기를,

「사람의 본성은 선하다.」

고 하였다. 내 생각으로는 그렇지 않다. 무릇 예부터 지금에 이르기까지 천하에서 선하다고 하는 것은 이치에 바르고 다스림에 공평하다는 것이며, 악하다고 하는 것은 음험하게 편벽되며 어지러이 이치를 어기는 것이다. 이것이 선함과 악함의 구분인 것이다.

지금 진실로 사람의 본성을 따른다면, 본시부터 이치에 바르고 다스림에 공평해지겠는가? 그렇다면 성왕(聖王)이 무슨 소용 있으며, 예의는 무슨 소용이 있겠는가? 비록 성왕이나 예의가 있다 하더라도 이치에 바르고 다스림에 공평한 데다가 무엇을 더할 것인가?

지금 보면 그렇지 않고 사람의 본성은 악하다. 그러므로 옛날에 성왕께서는 사람들의 본성이 악하여 음험하게 편벽되어 바르지 못하며, 어지러이 사리를 어겨 다스려지지 않는다고 생각했기 때문에, 그래서 그들을 위하여

임금의 권세를 세워서 이들 위에 군림(群臨)하고, 예의를 밝히어 이들을 교화하고 올바른 법도를 만들어 이들을 다스렸으며, 형벌을 중히 하여 이들의 악한 행동을 금하였다. 그렇게 함으로써 온 세상이 모두 잘 다스려지도록 하고 선함으로 모이도록 한 것이다. 이것이 성왕의 다스림이며 예의의 교화인 것이다.

지금 시험 삼아 임금의 권세를 없애버리고 예의를 통한 교화를 중지하며, 올바른 법도의 다스림을 없애버리고 형벌에 의한 금지제도를 없애고서, 일어나서 세상의 인민들이 서로 어떻게 어울려 사는 가를 보기로 하자. 그렇게 되면, 곧 강한 자는 약한 자를 해치며 그들의 것을 뺏을 것이고, 무리가 많은 자들은 적은 자들에게 난폭히 굴면서 이들을 짓밟을 것이다. 세상이 이치를 어기고 어지러워져 망하게 되는 것은 한참을 기다릴 것도 없을 것이다. 이렇게 본다면, 그러니 사람의 본성은 악한 게 분명하며, 그것이 선하다는 것은 거짓인 것이다.

孟子曰, 人之性善, 曰, 是不然, 凡古今天下之所謂善者, 正理平治也, 所謂惡者, 偏險悖亂也. 是善惡之分也已.

今誠以人之性, 固正理平治邪? 則有惡用聖王, 惡用禮義矣哉? 雖有聖王禮義, 將曷加於正理平治也哉?

今不然, 人之性惡, 故古者, 聖人以人之性惡, 以爲偏險而不正, 悖亂而不治, 故爲之立君上之埶以臨之, 明禮義以化之, 起法正以治之, 重刑罰以禁之, 使天下皆出於治, 合於善也. 是聖王之治, 而禮義之化也.

今當試去君上之埶, 無禮義之化, 去法正之治, 無刑罰之禁, 倚而觀天下民人之相與也. 若是則夫彊者害弱而奪之, 衆者暴寡而譁之, 天下之悖亂而相亡, 不待頃也. 用此觀之, 然則人之性惡明矣, 其善者僞也.

- 惡用(오용) : 어디에 쓰겠는가? 무슨 소용이 있는가?
- 倚(의) : 서는 것(廣雅).
- 相與(상여) : 서로 어울리어 사는 것.
- 譁(화) : 華(화)로 통하여, 가운데를 찢어버리는 것. 깨어버리는 것.
- 頃(경) : 한참. 잠깐 동안.

* 여기서도 맹자의 성선설을 비평하고 있다. 사람이 선하다는 것은 「이치에 바르고 다스림에 공평함」을 뜻하는데, 그렇다면 성왕이나 예의 같은 게 아무 소용도 없게 된다. 사람의 본성이 악하기 때문에 성왕은 예의제도를 만들어 세상을 다스리게 되었다는 것이다. 사람의 본성이 선하다고 예의나 여러 가지 제도를 당장 없애버린다면, 세상은 바로 혼란에 빠져 망해버리고 말 것이라는 것이다.

　8.
　그러므로 옛일을 잘 말하는 사람은 반드시 지금에도 증거가 있고, 하늘에 관한 것을 잘 말하는 사람은 반드시 사람에게도 징험(徵驗)이 있다. 무릇 논설이란 것은 그것이 분별 있게 잘 들어맞아야 되고, 증거가 잘 들어맞아야만 된다. 그러므로 앉아서 말한 것을 일어나서는 바로 실천할 수가 있으며, 그것을 펴면 바로 시행할 수가 있는 것이다.
　지금 맹자는 말하기를, 「사람의 본성은 선하다.」고 하는데, 분별 있게 들어맞거나 증거가 잘 들어맞는 일이 없으며, 앉아서 말한 것을 일어나서는 바로 실천할 수가 없으며 그것을 펴도 바로 시행할 수가 없으니, 어찌 너무나 그릇된 것이 아니겠는가? 그러므로 사람의 본성이 선하다면 성왕은 사라지게 되고 예의도 없어지게 될 것이다. 본성이 악하기 때문에, 곧 성왕이 필요하고 예의가 귀중한 것이다.

그러므로 댈나무가 생겨난 것은 굽은 나무가 있기 때문이며, 먹줄이 생겨난 것은 곧지 않은 것이 있기 때문이며, 임금을 세우고 예의를 밝히는 것은 사람의 본성이 악하기 때문인 것이다. 이로써 본다면, 그러니 사람의 본성이 악하다는 것이 분명하며, 그것이 선하다는 것은 거짓인 것이다.

곧은 나무는 댈나무를 쓰지 않아도 곧은 것은 그 본성이 곧기 때문이다. 굽은 나무는 반드시 댈나무를 대고 불로 쪄서 바로잡은 다음에야 곧아지는 것은 그 본성이 곧지 않기 때문인 것이다. 지금 사람의 본성은 악하기 때문에 반드시 성왕의 다스림이 있고 예의의 교화가 있은 연후에야 모두 다스려지게 되고 선함으로 모여지게 되는 것이다. 이로써 본다면, 그러니 사람의 본성은 악한 것이 분명하며 그것이 선하다는 것은 거짓인 것이다.

故善言古者, 必有節於今, 善言天者, 必有徵於人.

凡論者, 貴其有辨合, 有符驗. 故坐而言之, 起而可設, 張而可施行. 今孟子曰, 人之性善. 無辨合符驗, 坐而言之, 起而不可設, 張而不可施行, 豈不過甚矣哉? 故性善, 則去聖王, 息禮義矣. 性惡, 則與聖王, 貴禮義矣.

故櫽栝之生, 爲枸木也, 繩墨之起爲不直也, 立君上, 明禮義, 爲性惡也. 用此觀之, 然則人性惡明矣, 其善者僞也.

直木, 不待櫽栝而直者, 其性直也. 枸木, 必將待櫽栝烝矯然後直者, 以其性不直也. 今人之性惡, 必將待聖王之治, 禮義之化, 然後皆出於治, 合於善也. 用此觀之, 然則人之性惡明矣, 其善者僞也.

- 節(절) : 표준. 징험(徵驗). 증거.
- 徵(징) : 징험(徵驗). 증거.
- 辨合(변합) : 분별이 사실과 잘 합치되는 것.
- 符驗(부험) : 징험(徵驗)이 사실과 잘 부합되는 것.
- 設(설) : 실천, 실행.
- 櫽栝(은괄) : 굽은 나무를 바로잡는데 쓰는 댓나무.
- 枸(구) : 굽은 것.
- 繩墨(승묵) : 목수들이 쓰는 먹줄.

• 烝矯(증교) : 나무를 쪄서 부드럽게 만든 다음 바로잡는 것.

*여기서는 먼저 맹자의 「성선설」이 논리적으로 모순됨을 지적하면서 「성악설」이 옳음을 주장하고 있다. 곧은 나무에는 이를 바로잡기 위한 댈나무가 필요 없듯이, 만약 사람의 본성이 선하다면 성인이나 예의 같은 것이 필요 없을 것이다. 성인이 사람들을 교화하여야 하고 예의로써 사람들의 행동을 규제하여야만 함은 바로 사람의 본성이 악하기 때문이라는 것이다.

순자는 특히 이 「성악설」의 주장에 있어서 이론가로서의 면모를 보여주고 있다. 어쩌면 순자 자신이 비평한 혜자(惠子) 같은 궤변가(詭辯家)들의 술법을 이용하고 있는 것인지도 모른다.

9.
어떤 사람이 묻기를,

「작위(作爲)가 쌓이어 예의가 되는 것은 바로 사람의 본성이다. 그러므로 성인은 그것을 만들어낼 수가 있는 것이다.」
고 하였다. 이에 대답하여 나는 그렇지 않다고 하였다.

옹기장이(陶人)는 진흙을 쳐서 기왓장을 만들어내는데, 그렇다면 진흙 기와는 어찌 옹기장이의 본성이란 말인가? 공인(工人 : 목수)은 나무를 깎아 그릇을 만들어내는데, 그렇다면 나무 그릇은 어찌 공인(목수)의 본성이란 말인가? 저 성인과 예의의 관계는, 비유를 하면 옹기장이가 진흙으로 기와를 만들어내는 것이나 같은 것이다. 그러니 작위가 쌓이어 예의가 된 것이 어찌 사람의 본성이 되겠는가?

무릇 사람의 본성이란 것은 요임금과 순임금이나 걸(桀)왕 같은 폭군과 도척(盜跖) 같은 도적이나 그들의 본성에 있어서는 한 가지인 것이다. 군자나 소인이나 그들의 본성은 한 가지인 것이다. 지금 그래도 작위가 쌓여 예의가 된 것을 가지고 사람의 본성이라 하겠는가? 그렇다면 요임금이나 우(禹)임금이 무엇이 귀할 게 있겠으며, 군자가 무엇이 귀할 게 있겠는가?

요임금과 우임금이나 군자가 귀한 것은 본성을 교화(敎化)시킬 수 있고 작위를 일으킬 수 있기 때문이다. 작위가 일어남으로써 예의가 생겨나는 것이니, 성인과 작위가 쌓여서 된 예의의 관계는 또한 옹기장이가 진흙으로 기와를 만들어내는 것이나 같은 것이다. 이로써 본다면, 그러니 작위가 쌓여 예의가 이루어진 것이 어찌 사람의 본성이겠는가?

걸(桀)왕이나 도척(盜跖)과 소인들을 천하게 여기는 것
은, 그들은 그들의 본성을 따르고 그들의 감정을 좇아서
멋대로 성내고 함으로써 이익을 탐하고, 다투고, 뺏고 하
는 짓을 하였기 때문인 것이다. 그러므로 사람의 본성이
악하다는 것이 분명하며, 그것이 선하다는 것은 거짓인
것이다.

問者曰, 禮義積僞者, 是人之性, 故聖人能生之也.
應之曰, 是不然.

夫陶人埏埴而生瓦, 然則瓦埴, 豈陶人之性也哉?
工人斲木而生器, 然則器木, 豈工人之性也哉? 夫聖
人之於禮義也, 辟則陶埏而生之也. 然則禮義積僞
者, 豈人之本性也哉?

凡人之性者, 堯舜之與桀跖, 其性一也, 君子之與
小人, 其性一也. 今將以禮義積僞爲人之性邪? 然則
有曷貴堯禹, 曷貴君子矣哉?

凡所貴堯禹君子者, 能化性, 能起僞. 僞起而生禮
義, 然則聖人之於禮義積僞也, 亦猶陶埏而生之也.
用此觀之, 然則禮義積僞者, 豈人之性也哉?

所賤於桀跖小人者, 從其性, 順其情, 安恣睢, 以

出乎貪利爭奪. 故人之性惡明矣, 其善者僞也.

- 積僞(적위) : 사람의 작위(作僞)가 쌓이는 것.
- 埏埴(선식) : 진흙을 이기는 것.
- 瓦(와) : 기와, 기왓장.
- 辟(비) : 譬(비)와 통하여, 「비유하는 것」.
- 桀跖(걸척) : 하(夏)나라의 폭군 걸왕과 유명한 도둑인 도척(盜跖).
- 恣睢(자휴) : 멋대로 성나는 대로 행동하는 것.

* 순자의 「성악설」에 대한 반론(反論)으로 예의라는 것도 사람의 본성이라고 주장하기 쉽다. 여기서는 그러한 자기의 약점을 보충하면서 사람의 본성은 악하다는 이론을 뚜렷이 한 것이다.

예의는 성인이 만들어낸 것이어서, 예의와 성인의 관계는 마치 옹기장이(陶人)와 기와의 관계와 같다는 것이다. 옹기장이가 만들어 낸 기와가 옹기장이의 본성이 아니듯이, 성인이 만들어낸 예의도 사람의 본성이 아니라는 것이다.

10.

하늘은 증삼(曾參)·민자건(閔子騫)·효기(孝己)에게만

사사로이 효도를 행하는 본성을 내려주고, 다른 여러 사람들은 제쳐놓은 것은 아니다. 그렇지만 증삼·민자건·효기 세 사람만이 효도의 실행을 두터이 하였고, 효도의 명성을 온전히 지니고 있는 것은 어째서일까? 그것은 예의를 다한 때문인 것이다.

하늘은 제(齊)나라 노(魯)나라 사람들에게만 사사로이 예의를 지키는 본성을 내려주고, 진(秦)나라 사람들은 제쳐놓은 것은 아니다. 그렇지만 아버지와 자식의 도리나 남편과 아내의 분별에 있어서 진나라 사람들은 제나라와 노나라 사람들만큼 효도와 공경을 하며 공경히 예의를 다하지 못하는 것은 어째서일까? 진나라 사람들은 감정과 본성을 따라 멋대로 성나는 대로 행동하여 예의에 소홀했기 때문인 것이다. 어찌 그들의 본성이 다를 리가 있겠는가?

天非私曾騫孝己, 而外衆人也. 然而曾騫孝己, 獨厚於孝之實, 而全於孝之名者, 何也? 以慕禮義故也.

天非私齊魯之民, 而外秦人也. 然而於父子之義, 夫婦之別, 不如齊魯之孝具敬父者, 何也? 以秦人之

從情性, 安恣睢, 慢於禮義故也. 豈其性異矣哉?

- 曾騫孝己(증건효기) : 증삼(曾參)·민자건(閔子騫)·효기(孝己)
  의 세 사람. 증삼은 공자의 제자로서 효도에 뛰어났으며,
  「효경(孝經)」의 저자로 알려져 있다. 민자건도 공자의 제자.
  효기는 은(殷)나라 고종(高宗)의 태자. 모두 지극한 효자로서
  유명하다.
- 綦(기) : 극(極)하는 것. 다하는 것.
- 齊魯(제로) : 제나라와 노나라. 대략 지금의 산동성(山東省)에
  해당하는 지방으로 공자를 비롯한 학자들이 많이 배출된 고
  장이다.
- 秦(진) : 진나라는 지금의 섬서성(陝西省) 지방으로 학문보다
  는 군사력(軍事力)에 더 많은 관심을 기울였다.
- 孝具敬父(효구경부) : 孝具는 孝恭(효공)의 잘못(王念孫), 敬
  父는 敬文(경문)의 잘못(楊倞). 孝恭은 효도하고 공경하는
  것, 父子之義를 말함. 敬父는 공경하고 예가 있는 것, 夫婦之
  別을 말함.
- 恣睢(자휴) : 멋대로 성질나는 대로 행동하는 것.

*효도로서 유명한 증삼(曾參)·민자건(閔子騫)·효기(孝己)
가 있지만 이들만이 다른 본성을 타고난 것이 아니다. 예의를
잘 지키는 제(齊)나라, 노(魯)나라 사람들도 거친 진(秦)나라 사
람과 본시부터 다른 본성을 타고난 것은 아니다. 다만 이들이

효도나 예의에 뛰어난 것은 이들이 남보다 훨씬 예의를 존중하고 따를 줄 알았기 때문이다. 본성은 효자나 악인이나 제나라 사람이나 진나라 사람이나 모두 악하다. 다만 얼마나 예의로서 이 악한 본성을 제재(制裁)하느냐에 따라 이들의 성격에 큰 차이가 나고 있는 것이다.

11.

「길거리의 사람들도 우(禹)임금 같은 성인이 될 수 있다.」고 하는데, 무엇을 말한 것일까? 그것은 우임금이 우임금으로서 존경을 받은 까닭은, 그가 어짊과 의로움 및 올바른 법도를 행하기 때문인 것이다. 그렇다면 어짊과 의로움과 올바른 법도는 알 수 있고 행할 수 있다는 이론이 성립된다. 그런데 길거리의 사람이라 할지라도 모두 어짊과 의로움 및 올바른 법도를 알 수 있는 자질(資質)이 있고, 모두 어짊과 의로움 및 올바른 법도를 행할 수 있는 능력이 있는 것이다. 그러니 그들도 우임금 같은 성인이 될 수 있음은 분명한 일이다.

지금 어짊과 의로움 및 올바른 법도는 본시부터 알 수도 없고 행할 수도 없다는 이론을 주장하겠는가? 그렇다면 비록 우임금이라 하더라도 어짊과 의로움 및 올바른 법도를 알지 못할 것이며, 어짊과 의로움 및 올바른 법도를 행하지 못할 것이다. 길거리의 사람들은 본시부터 어짊과 의로움 및 올바른 법도를 알 수 있는 자질이 없고, 본시부터 어짊과 의로움 및 올바른 법도를 행할 능력이 없다고 하겠는가? 그렇다면 길거리의 사람들은 또한 안으로는 아버지와 지식의 의리(義理)를 알 수 없을 것이며, 밖으로는 임금과 신하의 올바른 관계를 알 수 없을 것이다.

그러나 실은 그렇지 않다. 지금 길거리의 사람이라 하더라도 모두 안으로는 아버지와 자식의 도리를 알 수 있으며, 밖으로는 임금과 신하의 올바른 관계를 알 수 있는 것이다. 그러니 그것들을 알 수 있는 자질과 행할 수 있는 능력이 길거리 사람들에게도 있음이 분명한 것이다.

지금 길거리의 사람으로 하여금 그것들을 알 수 있는 자질과 행할 수 있는 능력을 가지고서 어짊과 의로움을 알 수 있는 이치와 행할 수 있는 능력을 근본으로 하여 행동하게 하여 보라. 그러면 곧 그들도 우임금처럼 될 수 있음이 분명해질 것이다.

지금 길거리의 사람으로 하여금 도(道)를 익히는 학문을 하고, 마음을 오로지 하고 뜻을 통일하여 사색하고 익

히 살펴보게 하여, 오랜 시일 동안 계속하면서 선(善)을
쌓기에 쉴 사이가 없게 하면, 곧 신명(神明)함에 통달하여
하늘과 땅의 변화와 행동을 함께 하게 될 것이다. 그러므
로 성인이란 것은 사람의 작위(作爲)가 쌓이여 이루어지
는 것이다.

　塗之人, 可以爲禹, 曷謂也? 曰, 凡禹之所以爲禹
者, 以其爲仁義法正也. 然則仁義法正, 有可知可能
之理. 然而塗之人也, 皆有可以知仁義法正之質, 皆
有可以能仁義法正之具. 然則其可以爲禹明矣.

　今以仁義法正, 爲固無可知可能之理邪? 然則唯
禹不知仁義法正, 不能仁義法正也. 將使塗之人, 固
無可以知仁義法正之質, 而固無可以能仁義法正之
具邪? 然則塗之人也, 且内不可以知父子之義, 外不
可以知君臣之正.

　不然. 今塗之人者, 皆内可以知父子之義, 外可以
知君臣之正. 然則其可以知之質, 可以能之具, 其在
塗人明矣.

　今使塗之人者, 以其可以知之質, 可以能之具, 本
夫仁義之可知之理, 可能之具. 然則其可以爲禹, 明

矣.

今使塗之人, 伏術爲學, 專心一志, 思索孰察, 加
日縣久, 積善而不息, 則通於神明, 參於天地矣. 故
聖人者, 人之所積而致也.

- 塗(도) : 길. 途(도)와 통함.
- 具(구) : 갖추고 있는 능력.
- 唯(유) : 唯(유)는 雖(수)로 읽어 「비록」의 뜻.
- 伏術(복술) : 術은 道(도)와 통하여 「도를 익혀 지니는 것.」
- 孰(숙) : 熟(숙)과 통하여 「익히」, 「잘」.
- 縣久(현구) : 오랫동안 하는 것.
- 參於天地(참어천지) : 천지의 변화에 참여하게 된다.
- 所積(소적) : 사람의 올바른 작위(作爲)가 축적된 것.

*「길거리를 다니고 있는 어떤 사람이라도 우임금 같은 성
인이 될 수 있다.」는 옛말을 인용하고, 그것을 증명하면서 「성
악설」이 올바른 이론임을 주장한 것이다.

　본시 사람은 성인이나 소인을 막론하고 모두 똑같은 본성을
지니고 태어났다. 본성은 다 같이 악하지만 사람에 따라 올바
라지려는 노력의 차이가 있으므로 어떤 사람은 성인이 되고,
어떤 사람은 소인이 된다는 것이다.

12.

「성인은 작위(作爲)가 쌓여 이루어진다 하였다. 그런
데 모두가 작위를 쌓을 수 없는 것은 어째서인가?」 그것
은 될 수는 있으되, 그렇게 되도록 할 수는 없기 때문이
다. 그러므로 소인은 군자가 될 수는 있으나 군자가 되려
하지 않는 것이며, 군자는 소인이 될 수는 있으나 소인이
되려 하지 않는 것이다. 소인과 군자라는 것은 서로가 상
대방처럼 될 수 없는 것은 절대로 아니다. 그런데도 서로
가 상대방처럼 되지 않는 것은, 될 수는 있으되 그렇게
되도록 할 수는 없기 때문인 것이다.

그러므로 길거리의 사람이 우임금 같은 성인이 될 수
있지만, 그러나 곧 길거리의 사람이 우임금처럼 될 것이
라는 것은 반드시 그렇다고 할 수 없다. 비록 우임금처럼
되지는 못한다 하더라도, 우임금처럼 될 수 있음과는 상
관 없는 것이다. 사람의 발은 천하를 두루 돌아다닐 수
있다. 그러나 천하를 두루 돌아다닐 수 있었던 사람은 일
찍이 없었다. 공인(工人)과 농부와 상인은 서로 상대방의
사업을 할 수가 없는 것은 절대로 아니다. 그러나 서로
상대방의 사업을 하였던 사람은 일찍이 없었다.

이로써 본다면, 그러니 될 수 있다고 해서 반드시 되게

되는 것은 아니다. 비록 되지 못한다 하더라도 될 수 있다는 것과는 아무런 상관도 없다. 그러니 되고 안되는 것과 될 수 있고 될 수 없다는 것과는 그 차이가 먼 것이다. 서로 상대방처럼 모두가 되지 못한다는 것은 분명한 일이다.

曰, 聖可積而致. 然而皆不可積, 何也? 曰, 可以, 而不可使也. 故小人, 可以爲君子, 而不肯爲君子, 君子可以爲小人, 以不肯爲小人, 小人君子者, 未嘗不可以相爲也. 然而不相爲者, 可以, 而不可使也.

故塗之人, 可以爲禹, 則然塗之人能爲禹, 未必然也. 雖不能爲禹, 無害可以爲禹. 足可以徧行天下, 然而未嘗有能徧行天下者也. 夫工匠農賈, 未嘗不可以相爲事也, 然而未嘗能相爲事也.

用此觀之, 然則可以爲, 未必能也. 雖不能, 無害可以爲. 然則能不能之與可不可, 其不同遠矣, 其不可以相爲, 明矣.

- 無害(무해) : 해가 없다. 상관이 없다.
- 徧行(편행) : 두루 돌아다니는 것.
- 賈(고) : 상인.

*소인도 성인이 될 수가 있지만 모두가 성인이 되지 못하는 것은 사람의 본성이 악하기 때문이다. 누구나 성인이 될 수 있으나 본성이 악한 모든 사람을 성인이 되게 할 수는 없다는 것이다. 성인이란 오랜 시일을 두고 공부하고 노력한 끝에 이루어지는 것이다. 본성이 악한 사람들 모두가 오랜 시일을 두고 공부하며 노력할 수는 없는 것이다. 그러니 될 수 있다고 해서 모두가 된다는 이론은 성립되지 않는다. 순자는 날카로운 논리를 전개하면서 그의 「성악설」의 근거를 확고히 하고 있다.

13.

요(堯)임금이 순(舜)에게 물었다.

「사람의 정이란 어떤 것이오?」

순이 대답하였다.

「사람의 정이란 매우 아름답지 못한 것인데, 또 어찌하여 물으십니까? 자기 처자식이 생기면 어버이에 대한 효도가 시들고, 바라던 욕망이 채워지면 친구에 대한 믿음이 시들고, 작위(爵位)와 봉록(俸祿)이 차면 임금에 대한 충성이 시드는 법입니다. 사람의 정이여, 사람의 정이여, 매우 아름답지 못한 것인데 또 어찌하여 묻습니까? 오직 현명한 사람만이 그렇지 아니합니다.」

堯問於舜曰, 人情何如? 舜對曰, 人情甚不美, 又
何問焉? 妻子具而孝衰於親, 嗜欲得而信衰於友, 爵
祿盈而忠衰於君. 人之情乎, 人之情乎! 甚不美, 又
何問焉? 唯賢者爲不然.

- 堯(요) : 요임금. 뒤에 천자가 된 순(舜)은 그의 신하였다.
- 嗜欲(기욕) : 자기가 좋아하는 것과 욕망.
- 爵祿(작록) : 작위(爵位)와 봉록(俸祿). 벼슬과 월급.

*순자는 요임금과 순이란 성인들의 대화를 인용하여 자기
의 성악설을 입증(立證)하고 있다. 사람의 정이란 악한 것이라
는 말은, 바로 사람의 본성이 악하다는 것을 뜻한다. 다만 현명
한 사람은 학문과 예의로써 자기의 행동을 규제(規制)하기 때문
에 악한 행동을 하지 않는다는 것이다.

14.
성인으로서의 지혜가 있고, 사군자(士君子)로서의 지
혜가 있고, 소인으로서의 지혜가 있으며, 하인(役夫)으로
서의 지혜가 있다.
말을 많이 한다 하더라도 그것은 우아하고도 사리에
어긋나지 않으며, 하루 종일 논의를 한다 하더라도 수 없

는 화제를 들어 여러 가지로 얘기가 바뀌면서도 그의 통일된 논리는 한결같다. 이것이 성인의 지혜인 것이다.

말은 적게 하지만 알기 쉽고도 간결하며 논의에는 법도가 있어 먹줄을 친 것처럼 곧다. 이것이 사군자의 지혜인 것이다.

그의 말은 아첨을 잘하며, 그의 행동은 사리에 어긋나고, 그가 하는 일은 잘못이 많다. 이것이 소인의 지혜인 것이다.

재빨리 대답하며 잽싸게 떠들기는 하지만 논리가 서지 않고, 여러 가지 능력을 광범하게 지니고는 있지만 소용이 없으며, 판단을 빨리 내리고 모르는 게 없는 듯 얘기하지만 절실하지는 않으며, 옳고 그름을 가리지 않고 잘잘못을 논하지 않으면서 남을 이겨내려고 하는 뜻만을 지니고 있다. 이것이 하인(役夫)의 지혜인 것이다.

용기에는 상급(上級)의 용기가 있고, 중급의 용기가 있고, 하급의 용기가 있다.

천하에 알맞는 도리가 행하여지고 있으면 과감히 그 자신을 곧게 간직하며, 옛 임금들의 도리가 행하여지고 있으면 과감히 그의 뜻을 실행하며, 위로는 세상을 어지럽히는 임금을 따르지 아니하고, 아래로는 세상을 어지럽히는 백성들과 어울리지 아니하며, 어짊(仁)이 행하여지고 있는 곳이라면 가난도 거들떠보지 않고, 어짊이 행하여지지 않고 있는 곳이라면 부귀(富貴)도 거들떠보지 않으며, 천하 사람들이 그를 알아주면, 곧 천하와 더불어 함께 괴로워하고 즐기려 들며, 천하 사람들이 그를 알아주지 않아도, 곧 버젓이 하늘과 땅 사이에 홀로 서서도 두려워하지 않는다. 이것이 상급의 용기인 것이다.

예의를 공손히 지키면서도 뜻은 검소하며, 믿음이 있는 것을 크게 여기면서도 재물은 가벼이 여기며, 현명한 사람이면 과감히 추천하며, 그를 존경하고 못난 사람이라면 과감히 끌어내어 파면(罷免)시켜 버린다. 이것이 중급의 용기인 것이다.

몸을 가벼이 여기면서도 재물을 중히 여기며, 재난을 당할 짓을 잘 하면서도 널리 자신을 변명하여 구차히 모면하려 들고, 옳고 그름과 그렇고 그렇지 못한 사정을 따져보지 않고서 남을 이겨내려고 하는 뜻만을 지닌다. 이것이 하급의 용기인 것이다.

有聖人之知者, 有士君子之知者, 有小人之知者, 有役夫之知者.

多言則文而類, 終日議, 其所以言之千擧萬變, 其統類一也. 是聖人之知也. 少言則徑而省, 論而法, 若佚之以繩, 是士君子之知也. 其言也詔, 其行也悖, 其擧事多悔, 是小人之知也. 齊給便敏而無類, 雜能旁魄而無用, 析速粹孰而不急, 不恤是非, 不論曲直, 以期勝人爲意, 是役夫之知也.

有上勇者, 有中勇者, 有下勇者.

天下有中, 敢直其身, 先王有道, 敢行其意, 上不循於亂世之君, 下不俗於亂世之民, 仁之所在, 無貧窮, 仁之所亡, 無富貴, 天下知之, 則欲與天下同苦樂之, 天下不知之, 則傀然獨立天地之間而不畏, 是上勇也.

禮恭而意儉, 大齊信焉而輕貨財, 賢者敢推而尙之, 不肖者敢援而廢之, 是中勇也.

輕身而重貨, 恬禍而廣解苟免, 不恤是非, 然不然之情, 以期勝人爲意, 是下勇也.

- 文(문) : 문아(文雅). 우아한 것.
- 類(류) : 논리가 어긋나지 않는 것.
- 千擧(천거) : 수없이 많은 천 가지 화제를 끌어내는 것.
- 萬變(만변) : 얘기의 내용이 수없이 만 가지로 변하는 것.

• 徑而省(경이생) : 徑은 알기 쉬운 것, 省은 표현이 간결한 것.

• 佚(일) : 먹줄을 끌어치는 것.

• 繩(승) : 먹줄, 묵승(墨繩).

• 諂(첨) : 아첨하는 것.

• 悖(패) : 사리에 어긋나는 것.

• 悔(회) : 잘못, 과오(過誤).

• 齊給(제급) : 재빨리 응답하는 것.

• 便敏(편민) : 행동이나 말이 잽싼 것.

• 旁魄(방박) : 광박(廣搏). 널따란 것.

• 析速(석속) : 판단을 틀리든 옳든 빨리 내리는 것.

• 粹孰(수숙) : 모르는 게 없는 듯이 얘기하는 것.

• 不急(불급) : 절실(切實)히 쓰일 데가 없는 것.

• 不恤(불휼) : 돌보지 않는 것.

• 期(기) : 기약. 목표로 삼다.

• 中(중) : 알맞는 도(中道).

• 敢(감) : 과감(果敢)히.

• 俗(속) : 세속(世俗)에 어울리는 것.

• 知之(지지) : 그를 알아주는 것.

• 傀然(괴연) : 위대한 모양. 버젓이.

• 大齊信(대제신) : 믿음을 지키는 것을 크게 아는 것.

• 援(원) : 끌어내는 것.

• 廢(폐) : 파면시키는 것.

• 恬禍(염화) : 재난 또는 화를 당할 짓을 쉽사리 하는 것.

• 廣解(광해) : 널리 변명하는 것.

• 苟免(구면) : 구차히 재난을 면하려 드는 것.

  * 사람의 본성은 악하지만 후천적인 작위(作爲)에 의하여 사람의 성격이나 능력은 크게 달라진다. 여기서는 특히 사람들의 지혜와 용기에 관한 설명을 하고 있다. 같은 본성을 지니고 태어난 사람들이지만, 각자의 노력에 의하여 어떤 사람은 성인의 지혜를, 어떤 사람은 군자의 지혜를, 또 어떤 사람은 소인의 지혜를, 또 어떤 사람은 하인으로서의 지혜를 지니게 된다. 용기에 있어서도 사람에 따라 상·중·하 세 등급으로 크게 나뉘어진다. 사람의 본성이 악하기 때문에 후천적인 작위, 곧 학문과 수양은 사람들에게 이처럼 중요한 뜻을 지닌다는 것이다.

24. 군자편君子篇

   양경(楊倞)의 주(注)에 의하면, 이 편의 제목은 「천자편(天子篇)」이 옳을 것 같다는 것이다. 그것은 이 편의 전반에서 천자(天子)의 존귀함을 논하고 있기 때문이다. 후반 부분에선 임금은 어진 사람을 등용해야 하고, 사람들의 신분과 혈연(血緣)을 분별해 주어야 하며, 어른과 젊은이들의 서열을 분명히 하여야 한다는 등의 임금의 할 일을 쓰고 있다. 이러한 옛 임금들의 가르침에 대하여는 앞에서도 이미 많이 보였으므로 번역을 생략한다. 이 편은 내용도 극히 짧고 간단한 편이다.

　천자에게 처(妻)가 없는 것은 사람들에게 짝이 없는 분임을 알리는 것이다. 온 세상 안에서는 손님의 예로 대접받지 않는 것은 필적(匹敵)할 사람이 없는 분임을 알리는 것이다.

　발은 걸을 수 있으되 부축하는 이를 기다린 다음에야 나아가며, 입은 말할 수 있으되 관인(官人)을 기다린 다음에야 조칙(詔勅)을 내린다. 보지 않고도 알며, 듣지 않고도 분간하고, 말하지 않아도 믿게 되고, 생각하지 않아도 알게 되며, 움직이지 않아도 공이 있음은 지극히 모든 능력을 갖추고 있음을 알리는 것이다.

　천자란, 권세는 지극히 무거우며, 몸은 지극히 편안하고, 마음은 지극히 유쾌하며, 뜻은 굽히는 바가 없고, 몸은 수고로운 일이 없으며, 다시 없이 존귀한 것이다.

　시경에 말하기를,

「넓은 하늘 아래엔

임금님의 땅 아닌 곳 없으며,

어느 땅 끝을 따라가 보아도

임금님의 신하 아닌 사람 없네.」

라 한 것은 이를 두고 한 말이다.

天子無妻, 告人無匹也. 四海之內無客禮, 告無適
也.

足能行, 待相者然後進, 口能言, 待官人然後詔.
不視而見, 不聽而聰, 不言而信, 不慮而知, 不動而
功, 告至備也.

天子也者, 埶至重, 形至佚, 心至愈, 志無所詘, 形
無所勞, 尊無上矣.

詩曰, 普天之下, 莫非王土. 率土之濱, 莫非王臣,
此之謂也.

- 妻(처) : 본시 齊(제)와 뜻이 통하여 「평등한 짝」이란 뜻을 지
  닌 글자임. 임금의 부인은 妃(비)라 하는데, 妃는 後(후)와 뜻
  이 통하여 「필적(匹敵 : 뒤지는 여자)」의 뜻.
- 相者(상자) : 부조(扶助)하는 사람. 부축하는 사람.
- 官人(관인) : 임금의 명령을 전달하는 관리.

- 至備(지비) : 지극히 모든 능력을 갖추고 있는 것.
- 形(형) : 몸.
- 佚(일) : 편안함.
- 愈(유) : 愉(유)와 통하여「유쾌」,「상쾌」.
- 詘(굴) : 屈(굴)과 통하여「굽히는 것」.
- 詩曰(시왈) : 시경 소아(小雅) 북산(北山)편에 보이는 구절.
- 普(보) : 넓은.
- 率(솔) : 따라가는 것.
- 濱(빈) : 땅 끝. 바닷가.

　＊여기서는 천자의 존엄(尊嚴)을 설명하고 있다. 천자라면 유가의 이론에 의하면 성인이라야 한다. 따라서 우리는 천자의 설명을 통하여, 성인이란 이상적인 인간형(人間型)의 모습을 볼 수 있을 것이다.

순자

제18권

25. 성상편成相篇

상(相)에 대하여는 학자에 따라 해설이 구구하지만 일할 때 부르던 옛 악곡(樂曲)의 이름으로 보는 게 좋을 듯하다. 「성상」이란 「상 곡조를 이룬다.」는 뜻. 이 편은 「상」이란 곡조에 맞추어 정치에 관한 자기의 의견을 서술한 것이다. 임금은 어진 사람을 등용해야 한다든가, 성인의 도(道)란 어떤 것인가 등을 「상」이란 간단한 가락에 맞추어 얘기하고 있다. 여기에는 그의 「후왕사상(後王思想)」을 얘기한 특징 있는 부분만을 번역하기로 한다.

상(相) 가락에 맞추어

정치하는 법도와 방법 얘기하세.

지극한 다스림의 궁극(窮極)은

후세 임금의 법도를 되찾는 거네.

신도(愼到)·묵자(墨子)·계자(季子)·혜자(惠子) 같은

여러 학파의 설을 따르면

정말로 상서롭지 않으리.

다스림은 한 가지 도(道)로 돌아가는 것이니

그것을 닦으면 길(吉)할 걸세.

군자는 그것을 지키어

마음이 굳건한 것이며

세상 사람들은 그것을 어기고

남을 모함하여 해치는 자는 그것을 버리어

형벌로나 다스려야 할 걸세.

물은 지극히 평평하여
반듯하여 기울어지지 않는데,
마음 쓰임이 이와 같으면
성인처럼 되리라.
사람으로서 권세를 지니고
자신은 곧고 남을 이끌어 주면
반드시 그의 공도 하늘의 변화와 비슷하게 되리라.

세상에 왕자 없으면
어질고 훌륭한 이들 궁해지고,
난폭한 자들은 소 돼지 먹고
어진 이들은 술지게미와 겨 먹으며,
예의와 음악은 멸절(滅絶)되고
성인은 숨어버리고
묵자(墨子)의 술법이 행해지리라.

다스림의 중심은
예의와 형벌일세.
군자는 이로써 몸을 닦고
백성들을 편안케 한다네.

덕을 밝히고 형벌을 신중히 하면
국가도 다스려 지려니와
세상도 평화스러워진다네.

다스리는 이의 뜻은
권세와 부(富)를 뒤로 미뤄야 하네.
군자가 진실로 그렇게 되면
즐겨 일을 기다릴 것이며,
처신은 독실하고 굳어지고
마음은 깊히 잠기어져
먼 일을 생각할 수 있게 될 걸세.

생각이 곧 정밀하면
뜻은 더욱 자라나서
즐겨 통일을 이루게 되어
신명(神明)에 통하게 될 걸세.
정밀함과 신통함이 서로 어울리어
한결같이 통일되면
성인이 된 것일세.

다스림의 도(道)는

쉬지 않음이 아름답다네.

군자가 그렇게 하면

아리땁고도 훌륭하게 된다네.

아래로는 그것으로써 자제들을 가르치고

위로는 그것으로써 조상들을 섬긴다네.

상(相)가락 다 이루어졌으되

말 빗나가지 않았네.

군자가 이를 실행하면

순조롭게 통달될 것이며,

어질고 훌륭한 이 높이고

재앙의 씨가 되는 자 가려내리.

　凡成相, 辨法方. 至治之極, 復後王. 復愼墨季惠
百家之說, 誠不詳. 治復一, 脩之吉, 君子執之, 心如
結, 衆人貳之, 讒夫弃之, 形是詰.

　水至平, 端不傾, 心術如此, 象聖人. 而有埶, 直而
用抴, 必參天.

　世無王, 窮賢良, 暴人芻豢, 仁人糟糠, 禮樂滅息,
聖人隱伏, 墨術行.

治之經, 禮與刑. 君子以脩, 百姓寧. 明德愼罰, 國家旣治, 四海平.

治之志, 後埶富. 君子誠之, 好以待, 處之敦固, 有深藏之, 能遠思.

思乃精, 志之榮, 好而壹之, 神以成. 精神相反, 一而不貳, 爲聖人.

治之道, 美不老. 君子由之, 佼以好. 下以敎誨子弟, 上以事祖考. 成相竭, 辭不蹶.

君子道之, 順以達, 宗其賢良, 辨其殃孼.

- 凡(범) : 앞뒤 대목의 예로 보아 「請(청)」, 「…하세」의 잘못인 듯하다.
- 相(상) : 상 가락. 일할 때 부르던 단조로운 가락의 일종.
- 辨(변) : 분별하여 얘기하는 것.
- 後王(후왕) : 후세의 임금, 근세의 임금.
- 愼(신) : 신도(愼到).
- 墨(묵) : 묵자(墨子).
- 季(계) : 계자(季子), 장자(莊子)에 나오는 계자라 하기도 하고, 열자(列子)에 보이는 계량(季梁)이라는 이도 있으나 모두 확실치 않다.
- 惠(혜) : 혜시(惠施). 계자를 제외한 나머지 사람들은 비십이자편(非十二子篇) 및 해폐편(解蔽篇) 참조.

- 詳(상) : 祥(상)과 통하여, 「상서로운 것」, 「좋은 것」.
- 一(일) : 한 가지 도(道), 후왕(後王)의 도.
- 讒夫(참부) : 남을 잘 모함하는 사람.
- 弃(기) : 棄(기)와 같은 자. 버리는 것.
- 形(형) : 刑(형)과 통하여, 「형벌」.
- 詰(힐) : 다스리는 것.
- 直而用挩(직이용열) : 直은 자기 마음이 곧은 것. 用挩은 그렇게 함으로써 남을 이끌어 주는 것.
- 參天(참천) : 공로가 하늘의 변화와 같게 되다.
- 芻豢(추환) : 꼴을 먹여 기르는 소나 돼지.
- 糟糠(조강) : 술지게미와 겨.
- 敦固(돈고) : 독실(篤實)하고 굳건한 것.
- 相反(상반) : 反은 及(급)의 잘못(荀子集解), 따라서 「서로 미쳐 어울리는 것」.
- 佼(교) : 예쁜 것, 좋은 것.
- 誨(회) : 깨우치는 것.
- 祖考(조고) : 돌아가신 할아버지, 곧 조상.
- 竭(갈) : 다하는 것.
- 蹶(궤) : 어긋하는 것, 빗나가는 것.
- 殃孽(앙얼) : 재앙의 씨가 되는 것.

*「후왕(後王)」이란 순자의 독특한 사상이다. 그 시절 학자들은 모두 옛날을 빌려 자기의 학설을 이상화(理想化)하였다. 유

가에서도 요·순 시대를 이상적인 정치가 행하여진 시대로 본 것은 그 보기이다. 순자 자신도 「옛 임금(先王)」을 「옛날 이상적인 정치를 행한 임금」이란 뜻으로 사용하고 있는 것은 사실이나, 이러한 상고(尙古) 사상에 대한 반발에서 「후왕」을 주장하였다.

「후왕사상」이란 후세 또는 근세의 임금들도 옛날 성왕(聖王)의 제도를 계승하여, 그 시대에 알맞는 정치를 한다는 것이다. 구체적으로는 「후왕」의 정치는 형벌과 예의를 기준으로 삼아야 한다고 주장한다. 이처럼 순자는 정치에 있어서는 그 시대의 어느 사상가보다도 현실에 대한 이해가 깊었던 것 같다.

「후왕사상」은 이미 앞의 「정명편(正名篇)」에 보였으며, 그 밖의 불구(不苟)·비상(非相)·유효(儒效)·왕제(王制) 등 여러 편에도 단편적이나마 그러한 주장이 보인다.

26. 부편賦篇

　　부(賦)란 전국시대 초(楚)나라에서부터 발달하기 시작하여, 한
(漢)대에 이르러는 사물(事物)을 읊는 독특한 운문이 된 문체(文體)
이다. 반고(班固)의 한서(漢書) 예문지(藝文志)를 보면 「손경부 십
편(孫卿賦 十篇)」이 있다 하였으니, 이 편도 그 속에 들어 있던 것
인 듯하다.

　　어떻든 앞의 「성상편(成相篇)」도 운문이었던 것을 생각할 때,
손자는 문학에 대한 조예(造詣)도 퍽 깊었던 것 같다. 여기의 부
(賦)는 예의(禮) · 지혜(知) · 구름(雲) · 누에(蠶) · 바늘(針) 등을
읊고 있는데, 그중에서 예의를 읊은 부와 바늘을 읊은 부를 번역
하기로 한다.

1.

여기에 위대한 물건이 있는데

비단실도 비단도 아니건만

무늬와 줄은 아름다운 구성(構成) 이루었고,

해도 달도 아니건만

천하를 밝게 비춰주네.

산 사람은 그것으로써 오래 살고

죽은 이는 그것으로써 장사지내 주며,

성곽은 그것으로써 견고해지고

군대는 그것으로써 강해지네.

순수히 그것을 지키면 왕자가 되고

뒤섞여 그것을 지키면 패자가 되며

하나도 안 지키면 망해버리네.

저는 어리석어 알지 못하겠으니
감히 임금님께 가르침을 청합니다.

임금님이 대답한다.
그것은 무늬는 있어도 채색(彩色)은 없는 것이지?
간결하여 알기 쉬우면서도 매우 이치가 있는 것이지?
군자들은 공경하지만 소인들은 싫어하는 것이지?
본성에 이것이 없으면 새나 짐승과 같이 되고
본성에 이것을 잘 지키면 매우 우아해지는 거지?
보통 남자라도 이를 존중하면 성인이 되고
제후가 이를 존중하면 세계를 통일하게 되는 거지?

매우 분명하고 간략하며
매우 순조롭게 체득(體得)되는 것,
그것은 예의 밖에 더 있겠는가!

爰有大物, 非絲非帛, 文理成章, 非日非月, 爲天
下明. 生者以壽, 死者以葬, 城郭以固, 三軍以強. 粹
而王, 駮而伯, 無一焉而亡. 臣愚不識, 敢請之王.
王曰, 此大文而不采者與? 簡然易知, 而致有理者

與? 君子所敬, 而小人所不者與? 性不得則若禽獸,
性得之則甚雅似者與? 匹夫隆之, 則爲聖人, 諸侯隆
之, 則一四海者與?

致明而約, 甚順而體, 請歸之禮. 禮.

- 爰(원) : 이에, 여기에.
- 帛(백) : 비단.
- 章(장) : 무늬 같은 아름다운 구성(構成).
- 三軍(삼군) : 옛날 군제(軍制)에 천자 밑에는 육군(六軍), 제후
  밑에는 삼군이 있었다. 여기서는 일반적으로 「전군(全軍)」을
  가리키는 말임.
- 駮(박) : 예의를 잡되게 지키는 것.
- 伯(백) : 제후 중에서는 높은 사람. 여기서는 「패자(覇者)」의
  뜻.
- 雅似(아사) : 우아한 것.

  *순자는 사람의 악한 본성을 올바로 다스리기 위하여는 예
의가 없으면 안된다고 생각하였다. 이 부(賦)는 운문인 만큼 그
러한 순자의 사상이 더욱 집약적(集約的)으로 표현되어 있다.
특히 대화를 이용하여 여러 가지 표현과 의문을 맨 뒤의 「예의」
로 귀납시키는 문장의 구성이 재미있다.

2.
여기에 한 물건이 있는데
산 언덕에서 나서는
집 안에 거처하고 있다네.
아는 것도 없고 기술은 없지만
옷을 잘 만드네.
도적질도 강도질도 안하는데
구멍을 뚫고 다니며,
밤낮으로 떨어져 있는 것들을 합치어
아름다운 무늬 이룩하네.
세로 합칠 줄도 알고
가로 잇기도 잘한다네.

밑으로는 백성들을 입혀주고
위로는 제왕들을 장식해 주며,
그의 공적은 매우 넓지만
어질다고 뽐내지 않네.
시대가 써주면 그대로 있고
써주지 않으면 숨어버린다네.

저는 어리석어 알지 못하겠으니
감히 임금님께 가르침을 청합니다.

임금님이 대답한다.
그것은 처음 생겨날 때엔 컸지만
다 만들어진 다음엔 조그만 것이지?
그 꼬리는 길지만
그 끝은 날카로운 것이지?
머리는 뾰족하면서도
꼬리는 길다란 것이지?
왔다 갔다 하면서
꼬리를 맺음으로써 일하는 것이지.

깃도 날개도 없지만
위 아래로 매우 빨리 움직이며,
꼬리가 생기면 일이 시작되고
꼬리가 감기면서 일이 끝나지.
비녀는 아버지 뻘이 되고
바늘통은 어머니 뻘이 되지.
옷 겉을 다 꿰매고 나서는

또 안을 대어주지.

이런 것을 두고서

바늘의 이치라 하는 거지.

有物於此, 生於山阜, 處於室堂. 無知無巧, 善治
衣裳. 不盜不竊, 穿窬而行. 日夜合離, 以成文章. 以
能合從, 又善連衡.

下覆百姓, 上飾帝王, 功業甚博, 不見賢良. 時用
則存, 不用則亡. 臣愚不識, 敢請之王.

王曰, 此夫始生鉅, 其成功小者邪? 長其尾, 而銳
其剽者邪? 頭銛達, 而尾趙繚者邪? 一往一來. 結尾
以爲事.

無羽無翼, 反覆甚極, 尾生而事起, 尾邅而事已.
簪以爲父, 管以爲母, 旣以縫表, 又以連裏, 夫是之
謂箴理. 箴

- 阜(부) : 큰 언덕.
- 盜(도) : 강도.
- 竊(절) : 절도.
- 穿窬(천유) : 구멍을 뚫는 것.
- 合離(합리) : 떨어져 있는 것들을 합치는 것.

- 從(종) : 세로.
- 衡(횡) : 橫(횡)과 통하여「가로」.
- 覆(복) : 덮어주다, 입혀주다.
- 不見(불현) : 드러내지 않다. 뽐내지 않다.
- 鉅(거) : 큰 것. 바늘을 만들기 전에는 큰 쇳덩어리로 산에서 생산되었음을 뜻한다.
- 剽(표) : 끝머리.
- 銛達(섬달) : 날카로운 것, 뾰족한 것.
- 趙繚(조료) : 掉繚(도료)와 같은 말로「긴 모양」.
- 遭(전) : 감기는 것. 돌려 맺는 것.
- 簪(잠) : 비녀. 큰 바늘 모양으로 생겼다.
- 管(관) : 바늘 넣는 통.
- 縫(봉) : 꿰매는 것.
- 表(표) : 옷 겉.
- 裏(리) : 옷 안.
- 箴(잠) : 針(침)과 통하는 글자. 바늘.

*부(賦)는 본시 굴원(屈原)이나 송옥(宋玉) 같은 전국시대의 문학가들에게 있어서는, 격한 자기의 감정을 서술하는 수단이었다. 굴원의 부에서도 자기의 마음을 향초(香草)나 옥에 흔히 비유하고 있지만, 이처럼 순전한 물건을 읊은 일은 없었다. 그런데 구름이나 누에·바늘 같은 물건들을 읊은 순자의 방법은 오히려 한(漢)대 부 작가들에게 더 많은 영향을 준 듯하다. 그

것은 한대의 부는 주로 사물(事物)을 읊어낸 것이었으며, 뒤에
는 왕실과 임금의 행차의 화려함을 읊어 임금에 아부하는 문학
으로 전락하기도 하였기 때문이다.

순자

제19권

27. 대략편大略篇

　이 편은 순자의 제자들이 그의 스승의 말들을 이것저것 중요한 것만 주워 모은 것이어서, 80장의 짧은 글로 이루어져 있다. 「대략」이란 대략은 중요한 말만 모았다는 뜻을 지니고 있다.

　따라서 이 편의 내용은 순자의 다른 편이나 「예기」 등과 중복되는 것이 많다. 여기에는 그중에서도 중요한 몇 가지만을 번역하기로 한다.

1.

입으로는 잘 말할 수 있고 몸소 그것을 실행하는 사람은 나라의 보배이다. 입으로는 잘 말하지 못하지만 몸소 그것을 실행하는 사람은 나라의 그릇이다. 입으로는 잘 말할 수 있으나 몸소 그것을 실행하지 못하는 사람은 나라의 쓰임이다. 입으로는 선한 것을 말하고 자신은 악한 짓을 행하는 자는 나라의 요물(妖物)이다. 나라를 다스리는 사람은 그 보배를 공경하고, 그 그릇을 아끼며, 그 쓰임을 등용하고, 그 요물을 제거해 버려야 한다.

口能言之, 身能行之, 國寶也. 口不能言, 身能行之, 國器也. 口能言之, 身不能行, 國用也. 口言善, 身行惡, 國妖也. 治國者, 敬其寶, 愛其器, 任其用, 除其妖.

＊사람의 재능을 그의 말과 실천력으로서 분류한 것이다. 그리고 실천력이 있는 사람, 말을 잘하는 사람, 말도 잘하고 실천도 잘하는 사람은 적절히 나라에서 대우하고 등용해야 한다는 것이다. 말도 못하고 실천도 못하는 사람은 부리면 되지만, 가장 나쁜 것은 말로는 착한 체하고 행동은 악한 짓을 하는 자이니 없애버려야 한다는 것이다.

2.

맹자(孟子)가 세 번이나 제(齊)나라 선왕(宣王)을 뵙고도 용건을 얘기하지 않았다. 그의 제자(弟子)가 물었다.

「어찌하여 세 번이나 제나라 임금을 만나시고도 용건을 말씀하시지 않으셨습니까?」

맹자가 대답하였다.

「나는 먼저 그의 사악한 마음을 공격한 것이다.」

孟子三見宣王, 不言事. 門人曰, 曷爲三遇齊王, 而不言事?

孟子曰, 我先攻其邪心.

＊맹자는 안색을 바로잡고 제나라 선왕의 마음을 공격한 것

이다. 마음의 사악함이 없어야만 군자가 함께 얘기할 수 있다
는 것이다.

3.
지금 바늘을 잃어버린 사람이 하루 종일 그것을 찾았
으되 찾지 못하였다 하자. 그 뒤에 그것을 찾게 되면 그
의 눈이 더 밝아진 게 아니라 눈동자가 거기에 집중되어
보았기 때문인 것이다. 마음과 생각의 관계도 역시 그러
하다.

今夫亡箴者, 終日求之而不得. 其得之, 非目益明
也, 睬而見之也. 心之於慮亦然.

• 箴(잠) : 針(침)과 통하여 「바늘」.
• 睬(모) : 눈동자에 눈동자의 시력이 집중되는 것.

＊사람의 시력(視力)이 거기에 집중되어 닿아야만 잃었던 바
늘을 찾아낼 수 있듯이, 사람의 마음이 어떤 일에 집중되어 닿
아야만 올바른 생각, 좋은 생각을 얻을 수 있다는 말이다.

4.

하늘이 백성들을 낳은 것은 임금을 위한 것이 아니며, 하늘이 임금을 세운 것은 백성들을 위한 것이다. 그러므로 옛날에 땅을 나누이 나라를 세운 것은 그것으로 제후들을 존귀(尊貴)하게 하려던 것 뿐만은 아니며, 여러 관직을 두고 작위(爵位)와 녹봉(祿俸)의 차별을 둔 것은 그것으로 대부(大夫)들을 높여주려 한 것 뿐만은 아니다.

天地生民, 非爲君也, 天之立君, 以爲民也. 故古者, 列地建國, 非以貴諸侯而已, 列官職, 差爵祿, 非以尊大夫而已.

• 列地(열지) : 列은 裂(열)과 통하여, 땅을 나누는 것.

* 임금이나 제후 또는 여러 가지 벼슬들은 모두 백성들을 위하여 있는 것이지, 백성들이 그들을 위하여 존재하는 것은 아니다. 따라서 정치를 하는 사람들은 무엇보다도 백성들이 잘 살 수 있도록 해주어야만 된다는 것이다.

순자

28. 유좌편宥坐篇

　이 편서부터는 끝까지 모두 순자와 그의 제자들이 끌어모은 전기(傳記)나 여러 가지 일들의 기록이다. 따라서 편명(篇名)도 앞에서처럼 중요한 뜻을 지니고 있지 않다.

　이 편엔 주로 공자에 관한 얘기들이 모아져 있다. 그 가운데에서 중요한 것 몇 가지를 번역하기로 한다. 「유좌」라는 편명은 첫머리에 나오는 얘기 가운데서 따온 말임을 알게 될 것이다.

　곧 평상시의 교훈이란 뜻이다.

1.

공자가 노(魯)나라 환공(桓公)의 묘(廟)를 구경하는데, 거기에 기울어진 그릇이 있었다. 공자가 묘지기에게 물었다.

「이건 무엇에 쓰는 그릇이오?」

묘지기가 대답하였다.

「이것은 거처하는 옆에 두고 교훈을 삼는 그릇(宥坐之器)일 것입니다.」

공자가 말하였다.

「내가 듣건대 거처하는 옆에 두고 교훈을 삼는 그릇이란, 비면 기울어지고, 알맞으면 바로 서고, 가득 차면 엎어진다 하였다.」

공자는 그의 제자들을 돌아보며 말하였다.

「물을 갖다 부어 봐라.」

제자들이 물을 길어다 부으니, 알맞을 적에는 바로 서고 가득 차니 엎어지고 비게 되자 기울어졌다.

공자가 크게 한숨지으며 말하였다.

「아아! 가득 차고서도 엎어지지 않는 게 어디 있을까?」

자로(子路)가 말하였다.

「감히 가득 찬 것을 지탱해 가는 도리가 있는지 여쭙고자 합니다.」

공자가 대답하였다.

「총명하고 신통한 지혜가 있으면 그것을 지킴에 어리석음으로써 하고, 공로가 천하를 덮을 만한 사람이면 그것을 지킴에 사양함으로써 하고, 용기와 힘이 세상을 뒤덮을 만하면 그것을 지킴에 겁냄으로써 하고, 온 세상을 차지하는 부귀를 지니면 그것을 지킴에 겸손함으로써 하는 것이다. 이것이 이른바 자기 것을 낮추고 낮추고 하는 처세 방법(道)인 것이다.」

孔子觀於魯桓公之廟, 有敧器焉. 孔子問於守廟者曰, 此爲何器? 守廟者曰, 此蓋爲宥坐之器.

孔子曰, 吾聞宥坐之器者, 虛則敧, 中則正, 滿則

覆. 孔子顧謂弟子曰, 注水焉. 弟子挹水而注之, 中而正, 滿而覆, 虛而欹.

孔子喟然而歎曰, 吁! 惡有滿而不覆者哉! 子路曰, 敢問持滿有道乎?

孔子曰, 聰明聖知, 守之以愚, 功被天下, 守之以讓, 勇力撫世, 守之以怯, 富有四海, 守之以謙. 此所謂挹而損之之道也.

- 桓公之廟(환공지묘) : 춘추(春秋) 애공(哀公) 3년의 기록에 의하면, 환공의 묘와 희공(僖公)의 묘가 모두 화재를 당했다 하였다. 따라서 공자는 황폐한 묘를 구경 갔던 것이다.
- 欹器(의기) : 한편으로 기울어져 엎어지기 쉬운 그릇.
- 宥坐(유좌) : 宥는 右(우)와 통하여, 돕는다는 뜻. 「좌우(坐右)에 두고 교훈을 삼는 것」.
- 注(주) : 물을 붓는 것.
- 挹(읍) : 물을 뜨는 것.
- 喟然(위연) : 크게 한숨짓는 모양.
- 吁(우) : 아아. 감탄사(感歎詞).
- 惡(오) : 어찌, 어디에.
- 子路(자로) : 성은 중(仲), 이름은 유(由), 공자의 수제자 중의 한 사람으로 성격이 거칠고 용감하여 유명하다.
- 撫(무) : 가리는 것, 덮는 것.
- 怯(겁) : 겁냄, 비겁.

- 謙(겸) : 겸손, 겸허.
- 挹而損之(읍이손지) : 떠내고 덜어내고 하는 것. 자기를 낮추고 또 낮추는 것.

＊세상 일이란 이 기울어진 의기(欹器)처럼, 알맞으면 바로 되어 가지만 너무 많아도 실패하기 쉽고, 너무 적어도 잘되지 않는다. 따라서 사람은 가장 알맞는 길을 찾아 처신해야 한다는 것이다. 만약 자기가 지나치게 잘 되어 가장 높은 위치에 있으면, 자기의 태도를 낮추어 균형이 잡혀야만(겸손해야만) 그 자리에 오래 있을 수 있게 된다는 것이다.

2.
공자께서 말씀하셨다.
「내게는 부끄러워하는 게 있고, 야비(野鄙)하게 여기는 게 있고, 위태롭게 여기는 게 있다. 어려서는 애써 배우지 못하고, 늙어서는 남을 가르칠 게 없는 것을 나는 부끄러워한다. 그의 고향을 떠나 다른 임금을 섬기어 출세하고 갑자기 옛 친구를 만나도 전혀 옛날 애기가 없는 것을 나는 야비하게 생각한다. 소인(小人)들과 함께 지내는 것을 나는 위태롭게 생각한다.」

孔子曰, 吾有恥也, 吾有鄙也, 吾有殆也. 幼不能
彊學, 老無以敎之, 吾恥之. 去其故鄕, 事君而達, 卒
遇故人, 曾無舊言, 吾鄙之. 與小人處者, 吾殆之也.

- 鄙(비) : 비루(鄙陋)한 것, 야비(野鄙)한 것.
- 達(달) : 영달(榮達). 출세.
- 卒遇(졸우) : 갑자기 만나는 것.

*이러한 공자의 말은 「논어(論語)」에서도 흔히 발견된다. 공
자가 학문과 교육을 중히 여긴 것은 말할 것도 없지만, 출세했
다고 옛 친구를 몰라보는 위인도 야비하게 생각했던 것이다.

3.
공자께서 말씀하셨다.

「작은 개미 둔덕과 같은 실력의 사람이라도 발전하면
나는 찬성이다. 그러나 큰 언덕 같은 실력의 사람이라도
발전을 중지하면 나는 멸시한다. 지금 학문이 혹만도 못
한 사람들도 곧 다 아는 체하고는 남의 스승이 되려 하고
있다.」

孔子曰, 如垤而進, 吾與之, 如丘而止, 吾已矣. 今

學曾未如垤贄, 則具然欲爲人師.

- 垤(질) : 개미 둔덕. 개미들이 쌓아 높은 흙더미. 학문과 실력을 여기에 비유한 것임.
- 與之(여지) : 찬성한다. 함께 하다.
- 已矣(이의) : 그만두다. 단념하다. 멸시하다.
- 肬贅(우췌) : 혹. 사람의 몸에 난 혹.
- 具然(구연) : 자기 만족을 하는 모양. 다 아는 체하는 것.

 * 사람이란 학문을 위하여는 꾸준히 노력하여야 한다는 것이다. 앞의 대략편(大略篇)에서도 공자는 자기 제자인 자공(子貢)과의 대화에서,

「위대하다 주검이여! 군자는 쉬게 되고, 소인은 끝장나는 것이다.」(大哉死乎! 君子息焉, 小人休焉.)

고 하면서, 군자는 평생 학문을 쉬지 않는다고 하였다.

29. 자도편子道篇

「자도」란 「자식으로서의 올바른 도리」이다. 이 편의 전반 부분에선 효도에 관한 해설과 이에 대한 공자의 가르침이 씌어 있지만, 후반 부분은 자식의 도리와는 관계 없는 여러 가지 공자의 교훈들이 모아져 있다. 여기엔 효도의 뜻을 설명한 첫 단을 번역하기로 한다.

　들어가서는 효도를 행하고 나와서는 우의(友誼)를 지키는 것은 사람으로서의 작은 행위(小行)이다. 위로는 임금과 어버이에게 순종하고, 아래로는 손아래 사람들을 두터이 사랑하는 것은 사람으로서의 중간치 행위(中行)이다. 도리(道)를 따르되 임금을 따르지 않으며, 의로움을 따르되 어버이를 따르지 않는 것은 사람으로서의 큰 행위(大行)이다.

　그리고 만약 뜻은 예의로써 편안히 갖고 말은 논리 있게 구사(驅使)한다면 바로 유가의 도(儒道)를 다하게 되는 것이다. 비록 순임금 같은 성인이라 하더라도 여기에 터럭 끝만큼도 더할 수는 없을 것이다.

　효자가 명령을 따르지 않는 경우가 세 가지 있다. 명령을 따르면 어버이가 위태로워지고, 명령을 따르지 않으면 어버이들이 편안해진다면 효자는 명령을 따르지 않는

데, 곧 충심(衷心)인 것이다. 명령을 따르면 어버이에게 욕되고, 명령을 따르지 않으면 어버이가 영화로우며 효자는 명령을 따르지 않는데, 곧 의로움(義)인 것이다. 명령을 따르면 새나 짐승같이 되고 명령을 따르지 않으며, 잘 수식(修飾)해 드리게 되면 효자는 명령을 따르지 않는데, 곧 공경(敬)함인 것이다.

그러므로 순종할 수 있는 데 순종하지 않는 것은 자식이 아니며, 순종해서는 안될 때 순종하는 것은 충심으로 섬기지 않는 것이다. 순종하고 순종치 않는 뜻을 분명히 깨닫고서, 공경과 충성과 믿음을 다하며 바르고 성실하고 삼가서 행동한다면, 곧 위대한 효도(大孝)라 말할 수 있는 것이다.

전하는 말에, 「도리를 따르되 임금을 따르지 아니하며, 의로움을 따르되 아버지를 따르지 않는다.」 고 한 것은 이를 두고 말한 것이다.

入孝出弟, 人之小行也, 上順下篤, 人之中行也, 從道不從君, 從義不從父, 人之大行也.

若夫志以禮安, 言以類使, 則儒道畢矣. 雖舜, 不能加毫末於是矣.

孝子所以不從命, 有三. 從命則親危, 不從命則親安, 孝子不從命, 乃衷. 從命則親辱, 不從命則親榮, 孝子不從命, 乃義. 從命則禽獸, 不從命則脩飾, 孝子不從命, 乃敬.

故可以從而不從, 是不子也, 未可以從而從, 是不衷也. 明於從不從之義, 而能致恭敬忠信, 端愨以愼行之, 則可謂大孝矣. 傳曰, 從道不從君, 從義不從父, 此之謂也.

- 弟(제) : 아우처럼 남에게 공손한 것. 우애(友愛), 우의(友誼).
- 類使(유사) : 논리를 세워 쓰는 것.
- 毫末(호말) : 터럭 끝.
- 衷(충) : 충심(衷心). 선(善) 또는 충(忠)의 뜻으로도 풀이한다.
- 端愨(단곡) : 바르고 성실한 것.
- 傳曰(전왈) : 예부터 전해오는 말에 이르기를.

*효도란 덮어놓고 부모님께 순종하는 것이 아님을 강조한 것이다. 충심(衷心)과 의로움(義)과 공경(敬)으로써 그때그때 적절히 부모를 위하는 게 효도라는 것이다. 이처럼 부모의 뜻을 따라야 하는지 안 따라야 하는지 옳게 분별하며, 행동은 예의를 따르고 말은 올바른 논리를 따라 하면 유가(儒家)의 가르침은 다하는 게 된다는 것이다.

30. 법행편法行篇

「법행」이란 예 또는 법도를 따라 행동하는 방법의 뜻. 이 편엔
모두 여덟 대목의 공자와 그의 제자들의 말을 기록하고 있다. 여
기엔 그 대표적인 것 두 가지를 뽑아 번역하기로 한다.

1.

  공수(公輸) 같은 명장(名匠)도 나무를 먹줄보다 더 곧게
만들 수는 없고, 성인도 예의에 더 손질할 수는 없는 것
이다. 예의라는 것은 민중들이 법도로 받들기는 하면서
도 그 뜻을 알지 못하고, 성인이 법도로 받들며 그 뜻을
알고 있는 것이다.

  公輸不能加於繩, 聖人莫能加於禮, 禮者, 衆人法
而不知, 聖人法而知之.

• 公輸(공수) : 노(魯)나라의 유명한 목수(木手). 이름은 반(班).

* 예의의 절대적인 가치를 강조한 말. 예의는 아무리 성인이
라 하더라도 법도로 받들어야 하는 것이며, 마음대로 폐기하거

나 고칠 수 없는 것이다. 다만 성인은 보통 사람들보다도 예의
의 뜻을 잘 알고 있어서 올바로 지킬 수 있다는 게 다른 점이라
는 것이다.

2.
증자(曾子)가 말하였다.
「함께 놀면서도 사랑받지 못하는 것은 반드시 내가 어
질지 않기 때문이다. 사귀면서도 존경을 받지 못하는 것
은 반드시 내가 뛰어나지 못하기 때문이다. 재물을 놓고
신뢰받지 못하는 것은 반드시 나의 신용이 없었기 때문
이다. 위의 세 가지를 자신이 지니고 있다면 어찌 남을
원망할 것인가? 남을 원망하는 자는 궁해지고, 하늘을 원
망하는 자는 무식하다. 잘못이 자기에게 있는데도 그것
을 남에게 미루는 것은 어찌 또한 어리석은 일이 아니겠
는가?」

曾子曰, 同游而不見愛者, 吾必不仁也, 交而不見
敬者, 吾必不長也, 臨財而不見信者, 吾必不信也.
三者在身, 曷怨人? 怨人者窮, 怨天者無識. 失之己
而反諸人, 豈不亦迂哉?

- 曾子(증자) : 증삼(曾參). 공자의 제자로서 효행에 뛰어났던 사람. 효경(孝經)의 저자로 알려져 있다.
- 三者(삼자) : 위의 어짊(仁), 뛰어남(長), 신용(信)의 세 가지.
- 失(실) : 과실. 잘못.
- 諸(저) : 之於(지어)가 합친 말로 보면 좋다. 곧 「그것을 …에게」의 뜻.
- 迂(우) : 먼 것. 어리석은 것.

*남에게 어떤 대우를 받는다는 것은 그 원인을 따져보면 모두 자기 자신에게 있다. 그런데도 일이 제 뜻대로 잘 안되거나 남이 자기에게 섭섭히 행동하면, 흔히 남에게 그 책임을 돌리고 남을 원망한다. 심하면 하늘을 원망하기도 하는데 모두 어리석은 짓이라는 것이다. 남을 탓하기 전에 자기 자신을 바로잡을 줄 알아야 한다.

31. 애공편哀公篇

이 편은 주로 노(魯)나라 애공(哀公)과 공자 사이의 문답을 모아
놓은 것이다. 그 내용은 나라를 잘 다스리기 위하여는 관리를 잘
등용해야 한다. 사람에는 보통 사람을 비롯하여 군자·성인 등
다섯 종류가 있다. 예의는 형식도 중요시해야만 된다는 등의 것
이다. 맨 끝에는 또 노나라 정공(定公)과 안연(顏淵)의 문답이 실려
있는데, 나라는 말을 몰 듯 다스려야지 백성들을 마구 몰아쳐서
는 안된다는 내용의 얘기를 하고 있다. 여기에는 공자와 애공의
문답 가운데에서 한 토막을 골라 번역한다.

　노(魯)나라 애공(哀公)이 공자에게 순(舜)임금의 관(冠)
에 대하여 물었으나 공자는 대답하지 않았다. 세 번 물어
도 대답하지 않자, 애공이 말했다.

　「내가 선생님께 순임금의 관에 대하여 물었는데, 어찌
하여 말하지 않소?」

　공자가 대답하였다.

　「옛날 왕자 중에 허술한 옷을 입었던 분이 있었으나,
그분은 살리기는 좋아하면서 죽이기는 싫어하는 정치를
하였습니다. 그리하여 늘어선 나무에는 봉황새가 날아들
고, 교외의 들에는 기린(麒麟)이 뛰어놀았으며, 까마귀와
까치의 둥우리도 몸을 굽혀 들여다볼 수 있는 곳에 만들
었습니다. 임금께선 이런 것은 묻지 않으시고 순임금의
관에 대하여만 묻기에 그래서 대답치 않았습니다.」

魯哀公問舜冠於孔子, 孔子不對. 三問, 不對, 哀公曰, 寡人問舜冠於子, 何以不言也? 孔子對曰, 古之王者, 有務而拘領者矣, 其政好生而惡殺焉. 是以鳳在列樹, 麟在郊野, 烏鵲之巢, 可俯而窺也. 君不此問, 而問舜冠, 所以不對也.

- 寡人(과인) : 임금이 자기 자신을 가리켜 부르는 말.
- 務(무) : 冒(모)와 통하여, 옷이나 모자를 뒤집어 쓰거나 입는 것.
- 拘領(구령) : 句領(구령), 曲領(곡령)이라고도 부른다. 옛날의 정복은 모두 방령(方領)이었다. 領은 옷깃, 모난 옷깃(方領)의 옷에 비하여, 拘領은 옷깃이 굽은 것으로 허술한 막옷을 뜻한다.
- 鳳(봉) : 봉황(鳳凰)새. 임금에게 덕이 있고 나라가 태평스러우면 나타난다는 전설적인 새.
- 麟(린) : 기린(麒麟). 태평스런 시대에만 나타난다는 어진 짐승.
- 烏鵲(오작) : 까마귀와 까치.
- 巢(소) : 둥우리. 둥지.
- 俯而窺(부이규) : 몸을 굽히어 들여다본다. 세상이 극도로 태평스러워 까마귀나 까치도 사람을 겁내지 않고 낮은 곳에 집을 짓는 것이다.

＊임금에게 중요한 것은 덕(德)이지 옷이 아니라는 것이다. 덕이 있다면 옷은 아무것이나 입어도 세상이 평화로워진다. 공자는 애공에게 옷보다도 덕에 더 관심을 두라고 충고한 것이다.

32. 요문편堯問篇

요(堯)임금과 순(舜)임금의 대화와 전국시대 초기의 병가(兵家) 오기(吳起)의 말, 주공(周公)의 교훈 등을 모아놓은 것이 이 편이다. 여기에는 특히 이 책의 결론 부분이라고도 할 수 있는 맨 끝머리 대목을 번역하였다. 순자는 공자에 못지않은 훌륭한 인물이었다는 그의 제자의 주장이 강조되고 있는 대목으로 유명하다.

　논설하는 사람들이,

　「손자는 공자만 못하다.」

고 하는데, 그것은 그렇지 않다.

　손자는 어지러운 세상에 몰리었고 엄한 형벌에 깔리었으며, 위로는 어진 임금이 없었고 아래로는 포악한 진(秦)나라가 있었으며, 예의는 행하여지지 않고 교화는 이루어지지 않으며, 어진 사람은 핍박을 당하고 온 세상이 어두웠으며, 행동이 온건한 사람도 중상(中傷)을 당하고 제후들은 망해가는, 그런 세상에 살았다.

　이런 세상을 당하면 지혜 있는 사람도 생각할 수가 없고, 능력 있는 사람도 다스릴 수 없으며, 현명한 사람도 벼슬할 수 없게 된다. 그러므로 임금은 가리워져 아무것도 보지를 못하고, 현명한 사람은 막히어 받아들여지지 않는다. 그리하여 손자는 성인이 되려는 마음을 품고 있었으나, 일부러 미친 사람 같은 행색을 하고 세상에 어리석은 사람처럼 보이었던 것이다.

시경에 말하기를,

「밝고도 어짊으로써

그의 몸을 보전하네.」

라 한 것은 이를 두고 말한 것이다. 이것이 그의 명성이 드러나지 않고 제자들이 많지 않았으며, 빛이 널리 비추이지 못한 까닭인 것이다.

지금의 학자들도 손자의 남긴 말과 남긴 가르침을 지키면 충분히 천하의 법도에 모범이 될 수 있을 것이며, 그가 있는 곳은 신통히 다스려지며 그가 지나는 곳은 교화를 받게 될 것이다.

그의 훌륭한 행동을 보면 공자도 이에 더하지 않다. 세상에선 자세히 살펴보지 않고 성인이 아니라고 하니, 어쩔 것인가? 세상이 다스려지지 않았음은 손자가 시대를 잘못 만난 때문이었다. 그의 덕은 요임금이나 우(禹)임금 같았는데 세상에는 그를 알아주는 이 적었고, 그의 학문은 쓰이지 않고 사람들의 의심을 받았었다. 그의 지혜는 지극히 밝고 올바른 도를 따라 바르게 행동하였으니, 충분히 세상의 규범(規範)이 될 만하다.

아아, 현명하도다! 마땅히 제왕이 될 분이였으나 하늘과 땅이 알지 못하였도다. 걸(桀)·주(紂) 같은 이를 훌륭하다 하고, 현명하고 훌륭한 이를 죽였다. 비간(比干) 같은 충신의 심장을 도려내고, 공자는 광(匡) 땅에서 환난을 당했고, 접여(接輿)는 세상을 피하고 기자(箕子)는 미친 체하였으나, 한편 제(齊)나라 전상(田常)은 난리를 일으키고, 오(吳)왕 합려(闔閭)는 무력을 휘둘렀다. 악한 짓을 하는 자 복을 받았고 선한 사람은 재앙을 당하였다.

지금 논설하는 사람들은 또 그 사실은 살펴보지 않고 바로 그의 평판(評判)을 믿는다. 시대와 세상이 다른데 명예가 어떻게 생겨나겠는가? 정치를 할 수가 없는데 공을 어떻게 이룰 수가 있는가? 뜻을 닦았고 덕이 두터웠거늘 누가 현명하지 않다고 말하는가?

爲說者曰, 孫卿不及孔子. 是不然. 孫卿迫於亂世, 鰌於嚴刑, 上無賢主, 下遇暴秦, 禮義不行, 教化不成, 仁者絀約, 天下冥冥, 行全刺之, 諸侯大傾.

當是時也, 知者不得慮, 能者不得治, 賢者不得使. 故君上蔽而無覩, 賢人距而不受. 然則孫卿懷將聖之心, 蒙佯狂之色, 視天下以愚. 詩曰; 旣明且哲, 以保

其身, 此之謂也. 是其所以名聲不白, 徒與不衆, 光輝不博也.

今之學者, 得孫卿之遺言餘敎, 足以爲天下法式表儀, 所存者神, 所過者化.

觀其善行, 孔子弗過. 世不祥察, 云非聖人奈何? 天下不治, 孫卿不遇時也. 德若堯禹, 世少知之, 方術不用, 爲人所疑. 其知至明, 循道正行, 足以爲紀綱.

嗚呼, 賢哉! 宜爲帝王, 天下不知. 善桀紂, 殺賢良, 比干剖心, 孔子拘匡, 接輿避世, 箕子佯狂, 田常爲亂, 闔閭擅强. 爲惡得福, 善者有殃.

今爲說者, 又不察其實, 乃信其名. 時世不同, 譽何由生? 不得爲政, 功安能成? 志修德厚, 孰謂不賢乎?

- 鰌(추) : 밑에 깔리는 것.
- 絀約(굴약) : 핍박을 당하는 것.
- 冥冥(명명) : 어두운 것, 혼란한 것.
- 刺(자) : 찌르는 것. 중상(中傷)하는 것.
- 蔽(폐) : 가르는 것.
- 覩(도) : 보는 것.

- 距(거) : 막히는 것.

- 蒙(몽) : 뒤집어 쓰는 것.

- 佯狂(양광) : 거짓 미친 체하는 것.

- 詩曰(시왈) : 시경 대아(大雅) 증민(烝民)편에 보이는 구절.

- 白(백) : 뚜렷해지는 것, 드러나는 것.

- 徒輿(도여) : 그를 따르는 제자들.

- 表儀(표의) : 모범, 규범.

- 奈何(내하) : 어찌할 것인가? 어쩌면 좋은가?

- 方術(방술) : 그의 학문, 세상을 올바로 다스리는 방법.

- 比干(비간) : 은(殷)나라 주(紂)왕 때의 충신. 비간이 주왕의
  그릇된 행동을 간하자 「성인의 심장에는 일곱 개의 구멍이
  있다더라.」면서 그의 심장을 도려내어 봤다 한다.

- 拘匡(구광) : 匡은 위(衛)나라에 속해 있던 땅 이름. 지금의 하
  북성(河北省) 장원현(長垣縣) 서남 지방. 공자는 제자들과 이
  지방을 지나다 곤경에 처한 일이 있었다.

- 接輿(접여) : 초(楚)나라의 어진 사람. 그는 미친 체하며 세상
  을 숨어 살았다.

- 箕子(기자) : 주(紂)왕 때 어지러운 정치를 여러 번 간했으나
  들어주지 않자 산발(散髮)하고 미친 체하며 살았다. 주(周)나
  라 무왕(武王)이 은나라를 쳐부수고 천하를 통일하자 다시
  세상에 나와 활약하였다.

- 田常(전상) : 제(齊)나라의 신하로서 임금을 죽이고 나라를 차
  지했던 사람.

- 闔閭(합려) : 춘추시대 오(吳)나라의 왕. 월(越)왕 구천(句踐)과

의 싸움이 유명하다.

• 擅强(천강) : 무력을 휘두르는 것.

*이것은 순자의 제자가 쓴 글일 것이다. 순자는 공자 못지 않게 훌륭한 성인이었는데, 다만 세상을 잘못 만나 뜻을 이루지 못하였다는 것이다.

어떻든 순자 자신도 어지러운 세상을 누구보다도 잘 인식하고 있었던 듯하다. 그의 「성악설」을 비롯하여 「후왕사상(後王思想)」 같은 것 모두가 세상의 혼란을 의식하고 있었던 데서 우러난 것일 게다. 이렇게 볼 때 「덕(德)」을 존중하는 유가에 있어서, 뒤에 순자가 맹자에게 정통(正統)의 지위에서 밀려날 수밖에 없었다고 할 것이다.

명문동양문고 ㉓

순자 荀子 [下]

초판 인쇄 2021년 3월 5일
초판 발행 2021년 3월 10일

역저자 김학주
발행자 김동구
디자인 이명숙 · 양철민
발행처 명문당(1923. 10. 1 창립)
주   소 서울시 종로구 윤보선길 61(안국동)
　　　　우체국 010579-01-000682
전   화 02)733-3039, 734-4798, 733-4748(영)
팩   스 02)734-9209
Homepage www.myungmundang.net
E-mail mmdbook1@hanmail.net
등   록 1977. 11. 19. 제1~148호

ISBN 979-11-90155-90-8 (03820)
10,000원

*낙장 및 파본은 교환해 드립니다.
*불허복제
*저자와의 협약에 의하여 인지 생략함.